DIE DREI LICHTER DER KLEINEN VERONIKA

Das Buch

»Es war eine Zeit, von der noch alte Sagen und Märchen erzählen, da wohnten die Menschen in Tempeln und lichten Hütten. Das war in der Menschheit Jugendland. Aber dann stiegen die Menschen hinunter ins Dunkel, und aus ihren Taten woben sich Schicksale und bauten sich die Häuser der Schatten. Ihr alle, die ihr heute atmet, wohnt in ihnen. Und doch müßt ihr nicht traurig sein. Denkt an die kleinen Flammen, die euch allen leuchten wie die drei Lichter der kleinen Veronika ...«

»Der Roman einer Kinderseele in dieser und jener Welt« ist ein Buch der Hoffnung. Und seine Botschaft lautet: »Bewußte Kindheit ist Seligkeit.« In Gestalt der kleinen Veronika gibt Manfred Kyber uns allen einen Teil unserer eigenen Kindheit zurück. Veronika hat – im Gegensatz zu den meisten von uns – die himmlischen Augen auch dann noch behalten dürfen, als die Dämmerung des Erwachsenseins sie zu umschließen begann. Und mit den himmlischen Augen konnte sie manches erkennen, was anderen für immer verborgen blieb. *Die drei Lichter der kleinen Veronika* ist ein phantastisches Märchen, das allen, die das Licht des Morgens suchen, eine wunderbare Wegbegleitung sein will. Hier stehen die Sätze, die sonst nirgends zu lesen sind.

Der Autor

Manfred Kyber, geboren 1880 in Riga, wurde durch sein erstes Buch *Unter Tieren* weithin bekannt. Nach dem Ersten Weltkrieg lebte er einige Jahre in Stuttgart, es erschienen seine ersten *Märchen*. Zahlreiche Werke folgten, u. a. seine noch heute verbindliche *Einführung in das Gesamtgebiet des Okkultismus*. Manfred Kyber zählt zu den unaufdringlichsten Dichtern dieses Jahrhunderts. In seinen Fabeln, Märchen und Romanen machte er sich zum tief fühlenden Anwalt der Kinder- und Tierseelen. Er schrieb Geschichten für das Kind in jedem von uns. Manfred Kyber starb 1933.

MANFRED KYBER

DIE DREI LICHTER DER KLEINEN VERONIKA

Roman einer Kinderseele in dieser und jener Welt

WILHELM HEYNE VERLAG
MÜNCHEN

HEYNE ALLGEMEINE REIHE
Nr. 01/9328

Genehmigte, ungekürzte Taschenbuchausgabe

Lizenzausgabe 1952 mit Genehmigung des Hesse & Becher Verlages
Lizenzausgabe 1983 mit Genehmigung des Hesse & Becher Verlages
im Gebr. Weiss Verlag, Dreieich
Printed in Germany 1995
Umschlaggestaltung: Atelier Ingrid Schütz, München
Gesamtherstellung: Presse-Druck, Augsburg

ISBN 3-453-08637-6

DER ROMAN EINER KINDERSEELE
IN DIESER UND JENER WELT

MOTTO

Wer mit den Augen der Andacht geschaut,
wie die Seele der Erde Kristalle gebaut,
Wer die Flamme im keimenden Kern gesehn,
im Leben den Tod, Geburt im Vergehn –
Wer in Menschen und Tieren den Bruder fand
und im Bruder den Bruder und Gott erkannt,
der feiert am Tisch des heiligen Gral
mit dem Heiland der Liebe das Abendmahl –.
Er sucht und findet, wie Gott es verhieß,
den Weg ins verlorene Paradies.

MANFRED KYBER

1 IM GARTEN DER GEISTER

Es war ein Garten der Geister, in dem die kleine Veronika im Sande saß und spielte. Aber ihr müßt nicht denken, daß dieser Garten ein ganz besonderer Garten war. Das war er gar nicht. Es standen viele grüne Bäume darin, wie sie auch sonst überall zu sehen sind, Kartoffeln, Kohlpflanzen und Radieschen saßen ordentlich nebeneinander in langen Reihen, und Rosen und Lilien leuchteten rot und weiß in der Frühsommersonne. Es war ein großer Garten, und er war ganz umfriedet von einer hohen, halbverfallenen und mit Moos bewachsenen Mauer, eine stille Welt für sich, wie es alle alten Gärten sind. An dem einen Ende lag, unter blühenden Sträuchern verborgen, ein kleines Gartenhaus im Barockstil, in dem Onkel Johannes wohnte, und am anderen Ende stand ein großes graues Gebäude aus sehr alter Zeit, und in ihm war die kleine Veronika zu Hause. Es war dies das Haus der Schatten. Aber davon kann ich erst später erzählen, denn heute lebte die kleine Veronika noch gar nicht recht bewußt darin. Heute lebte die kleine Veronika noch ganz und gar im Garten der Geister, und wenn es auch nur ein ganz gewöhnlicher Garten war, wie ich euch sagte – die kleine Veronika sah ihn mit den inneren Augen, die sie noch aus dem Himmel mitgebracht hatte, und für solche Augen ist jeder Garten ein Garten der Geister, und die ganze Welt ist ein Meer von Leben und Licht. Wir alle haben die Erde einmal so gesehen, als wir kleine Kinder waren, aber dann kam die große Dämmerung, die himmlischen Augen schliefen ein, und nun haben wir das alles vergessen. Aber ich will euch an das erinnern, was ihr vergessen habt, wie ich mich selbst erinnert habe aus Dunkel und Dämmerung.

Schau ins Leben und ins Licht, kleine Veronika, ehe die himmlischen Augen eingeschlafen sind. Dann hast du etwas, woran du dich erinnern kannst, wenn die Dämmerung gekommen ist und es dunkel um dich wird. Denn es wird dunkel um jeden, damit er schmerzvoll bewußt wird und sich selber findet in der Dunkelheit – sich selbst und Gott. Aber das ist ein langer Weg, kleine Veronika. Es ist schwer, daß wir alle ihn gehen müssen.

Die Kinderschaufel und der kleine Blecheimer, auf dem ein froher roter Hase gemalt war, lagen untätig vor einem umgegrabenen Beet, in das die kleine Veronika sehr sonderbare Dinge pflanzen wollte. Aber nun saß sie still und staunte mit weiten Augen in den Garten. Noch waren ja ihre Augen die himmlischen Augen, und der ganz gewöhnliche Garten war ein Garten der Geister. Was gab es hier alles zu schauen und zu hören!

„Möchtest du dir nicht mein Landhaus betrachten, Veronika?" fragte ein großer Käfer, der vor ihr saß, und machte eine empfehlende Bewegung mit dem Fühler.

»Siehe, wie weiß unsere Blüten sind", sagten die Liliengeister, „so rein und weiß ist das himmlische Hemd, das du einmal trugst."

„Hast du bemerkt, wie geschickt sich schon meine Kinder zusammenrollen können?" fragte die Igelmutter, die mit ihrer Familie in einem behaglichen Loch der moosbewachsenen Mauer saß.

„Schau, wie rot unsere Kelche sind", sagten die Rosenseelen, „so rein und so rot ist der Kelch des Grales, nach dem du einmal die Arme ausgestreckt hast. Du denkst jetzt nicht mehr daran, aber du wirst wieder daran denken, wenn die Dämmerung über dich gekommen ist, kleine Veronika."

»Findest du nicht, daß meine Kleinen wunderbar fliegen können?" fragte die Amsel und streckte den gelben Schnabel mit einer gewissen Herausforderung vor, „wie geschickt sie wieder auf dem Nestrand landen! Dabei haben sie noch nicht einmal sehr lange geübt, nein, das kann man eigentlich nicht sagen. Hast du schon jemals eine solche Geschicklichkeit gesehen?"

Die Kohlblätter rauschten und die Falter gaukelten darüber hin.

„Du bist wie wir, kleine Veronika, du bist eine Raupe und wirst ein Falter werden. Du wirst dich verpuppen, wenn die Dämmerung kommt."

Die Radieschen stießen sich mit den Blättern an und lachten. Sie hatten sich irgendeine Geschichte erzählt, die komisch war. Aber Veronika hatte die Geschichte nicht gehört, und das war auch gut gewesen, denn es war gewiß keine Geschichte für kleine Kinder. Radieschen sind überhaupt sehr vorlaut und etwas bissig.

Man konnte ja auch gar nicht alles hören und sehen im Garten der Geister, es waren viel zu viele Stimmen und Bilder, und alles war in Licht und Leben getaucht, das sich ständig bewegte. Der kleinen Veronika schien es, als drehe sich alles im Kreise um sie herum. Aber es war ein bunter und lustiger Reigen, und es lohnte sich schon, hineinzugucken.

Ach, kleine Veronika, wüßtest du, wie bald die Dämmerung kommt, du würdest dich nicht satt sehen und hören können, und dir wäre, als müßtest du alle Bilder und alle Stimmen im Garten der Geister tief in die Seele atmen, daß sie immer darin bleiben. Nachher ist alles so dunkel, wenn die himmlischen Augen sich schließen.

Wie klar und wie durchsichtig war jetzt alles anzuschauen, als ob die Sonne die Erde durchlichte und als wäre alles aus feinerem Stoffe gewoben. Der ganze Garten war voller Gestalten. In der Luft tanzten sie, und wenn man in die Bäume hineinguckte, dann sah man die Elfen darin stehen und mit den

Händen winken. Es rauschte und raunte aus allen Ecken, und sogar die bunten Kieselsteine bewegten sich, als wären es Murmeln, die mit sich selber spielten. Und mitten in all das leuchtende Leben warf plötzlich mit leisem Lachen die Quellnixe ihre silbernen Wasserkugeln, daß sie in feinem Sprühregen in der zitternden Luft zerstoben. Sie konnte das ganz einfach machen, wenn sie bloß mit der Hand spritzte. Man muß es nur einmal gesehen haben, es sieht wirklich wunderhübsch aus.

„Willst du mit meinen blanken Bällen spielen, Veronika?" rief die Quellnixe, „willst du Diamanten auf deinem Kleid, wie die Königstochter im Märchen? Das kannst du alles haben, das Märchen ist hier, wir sind ja im Garten der Geister!"

Veronika fing einen der blanken Bälle auf, aber er zerging ihr in der Hand. Das kam, weil der Garten der Geister am Haus der Schatten lag, darum müssen hier die silbernen Märchenbälle zerspringen, weil sie zu nah an der Dämmerung sind. Das aber wußte die kleine Veronika noch nicht.

Doch jetzt bemerkte sie, wie es an ihren nackten Beinen juckte. Ein feiner Fühler strich darüber hin, gleichsam, um an etwas zu erinnern.

„Hättest du jetzt nicht Zeit, dir mein Landhaus zu betrachten?" fragte der Käfer, und es war vernehmlich ein Ton von Unwillen in seiner schwachen Stimme. „Ich bin gewiß geduldig, aber so etwas ist mir noch nicht vorgekommen, daß jemand einfach dasitzt und ins Leere starrt, wenn man ihn auffordert, ein Landhaus zu besichtigen. Glaubst du, daß es ein gewöhnliches Landhaus ist? Das wirst du nicht mehr denken, wenn du es erst gesehen hast."

„Bitte entschuldige", sagte Veronika, „aber es gibt hier so viel zu hören und zu sehen. Mir ist ganz wirr im Kopf davon, und doch ist das alles wunderschön."

„Ja, gewiß ist es ganz schön, sagte der Käfer, „aber es kann doch nicht irgendwie mit meinem Landhaus verglichen werden. Komm nur endlich mit, es ist ganz nahe von hier, nur einige hundert Schritte."

„Einige hundert Schritte ist gar nicht so nahe", meinte Veronika, „da brauchst du doch sicher eine ganze Weile, um hinzukrabbeln. Ich mache das freilich schneller."

„Nach meinen Beinen einige hundert Schritte", sagte der Käfer, „nach meinen Beinen gemessen. Ich messe alles nur nach meinen Beinen, das tut ein jeder, der etwas auf sich hält. Die eigenen Beine sind eben das, worauf man sich am ehesten verlassen kann."

„Gerade darum dachte ich an meine Beine und nicht an deine", sagte Veronika, „und ich muß überhaupt erst einmal Mutzeputz fragen, ob ich mir dein Landhaus ansehen darf. Ich tue nichts ohne Mutzeputz."

Der Kater Mutzeputz war die Vertrauensperson der kleinen Veronika und immer in ihrer Nähe. Er strich auf samtenen Pfoten zwischen Rosen und Lilien umher, begutachtete den Kohl und beaufsichtigte die Radieschen – in jeder Hinsicht sah er nach, ob alles in Ordnung war. Dazwischen spielte er mit Kieselsteinen. Wenn sie sehr rund waren, konnte er nicht daran vorübergehen. Denn das erheiterte ihn.

„Mutzeputz!" rief Veronika, „bitte, komm doch einmal her."

Der Kater Mutzeputz kam sonst niemals, wenn man ihn rief. Man muß das den Leuten nicht einbilden, dachte er. Nur wenn Veronika nach ihm verlangte, erschien er unverzüglich. Denn sie bat ihn immer höflich, und außerdem war er der Überzeugung, daß sie ihn benötige und ohne seinen Rat nichts unternehmen könne. Er fühlte eine Verantwortung für sie, und das war auch wirklich in vielem zutreffend. Noch nie hat man es zu bereuen gehabt, wenn man sich auf jemand wie den Kater Mutzeputz verließ.

Mit seinen schönen gleitenden Bewegungen strich Mutzeputz an den Füßen der kleinen Veronika, und die Sonne warf blitzende Lichter über sein weiches Fell. Er war grau getigert, und dazu hatte er eine feierliche weiße Weste und weiße Handschuhe an den Vorderpfoten. Immer wieder aufs neue wurde Veronika davon durchdrungen, welch ein außergewöhnlicher und großartiger Herr der Kater Mutzeputz war, und ihre Hände streichelten ihn zärtlich.

„Du hast ja nette Bekanntschaften, Veronika", schrie die Amsel aus ihrem Nest und klappte aufgeregt mit dem Schnabel, „pfui – das hätte ich nicht von dir gedacht, daß du solch eine Person bist!"

„Halte den Schnabel!" sagte Mutzeputz.

„Mutzeputz", sagte Veronika, „der Käfer hier möchte mir gerne sein Landhaus zeigen. Glaubst du, daß ich es mir ansehen darf?"

Mutzeputz blickte geringschätzig auf den Käfer herab.

„Es ist ein harmloses und ganz belangloses Geschöpf", meinte er, „ich glaube zwar nicht, daß es sich lohnt, sein Landhaus zu besichtigen. Aber wenn es dich zerstreut, so magst du es ruhig tun. Ich habe eben auch keine Zeit, dich zu beschäftigen, denn ich muß sehen, ob alles in Ordnung ist."

Der Kater Mutzeputz verschwand unter den Radieschen. Er hob eines mit der Kralle heraus und beschnupperte es, um zu prüfen, ob sich alles hier richtig entwickle.

Der Käfer war etwas zur Seite gegangen, als Mutzeputz erschien. Jetzt näherte er sich wieder.

„Ich hatte mich ein wenig zurückgezogen", erklärte er, „ich liebe es nicht besonders, Mutzeputz zu begegnen."

„Mutzeputz tut dir nichts", sagte Veronika beleidigt.

„Nein, nein, gewiß nicht", meinte der Käfer, „ich will auch nichts gegen Mutzeputz sagen, weil er dir nahesteht und deine Vertrauensperson ist. Aber er hat so leicht einmal etwas Spielerisches an sich, und ich schätze es nicht, auch nur zum Spaß hin und her geschoben zu werden. Wer liebt das übrigens? Außerdem habe ich sehr gebrechliche Beine."

„Ja, sie sind gebrechlich", sagte Veronika, „ich verstehe das."

„Möchtest du dir nun mein Landhaus betrachten?" fragte der Käfer.

„Ja", sagte Veronika, „Mutzeputz erlaubt es."

„Hier unten an diesem Baumstamm ist es", erklärte der Käfer, „es ist ein sehr schönes Landhaus. Ein wenig leicht gebaut ist es allerdings, aber es ist ja auch nur für den Sommer. Nicht wahr, es ist dir nicht zu weit gewesen? Ich sagte es schon, der Weg ist nicht sehr anstrengend."

Die kleine Veronika brauchte nur einen Schritt zu gehen, dann war sie schon da.

„Aber da ist doch gar kein Weg", lachte sie, „das ist ja bloß nebenan."

„Tu nicht so großartig", sagte der Käfer, „ich bin einige hundert Schritte gewandert, du brauchst also nicht zu übertreiben. Hier ist der Eingang", erläuterte er, „dann kommt ein kleiner Vorraum, bloß so, dann mein Speisezimmer, in dem ich auch meine Vorräte verwahre, und hier an der Seite liegt mein Schlafgemach. Dieses ist besonders sorgfältig gebaut, und das Bett darin ist aus dem allerbesten Moos hergestellt, du wirst so leicht nicht etwas Ähnliches sehen. Dies kunstreiche Loch in der Decke ist dazu da, um die Sonne hindurchzulassen. Ich pflege mich nachmittags gerne auszuruhen, und ich liebe es überaus, wenn mir die Sonne dabei auf den Rücken scheint. Das erfolgt durch dieses Loch, ohne daß mich irgend jemand dabei sehen oder stören kann. Es ist eine außergewöhnliche Einrichtung, und soviel ich weiß, ist es das erste Mal, daß ein Landhaus damit ausgestattet wurde. Du hast so etwas gewiß nicht zu Hause?"

„Nein", sagte Veronika, „wenn ich im Bett liege, kann mir

die Sonne nicht auf den Rücken scheinen. Aber das ist einerlei, denn ich liege auch nicht auf dem Magen."

„Du wirst mir doch nicht weismachen wollen, daß du auf dem Rücken liegst? Wenn man das tut, zappelt man mit den Beinen und kann nicht mehr aufstehen. Besieh dir lieber einmal das Schlafzimmer genauer und gehe richtig hinein. Aber sei vorsichtig und wirf mir die hohle Eichel nicht um, die darin steht. Ich fange den Tau in ihr auf und wasche mir damit des Morgens Gesicht und Fühler."

„Ich kann ganz gut mit meinen Augen hineingucken", sagte Veronika, „aber durch den Eingang kann ich nicht kriechen, das ist doch alles viel zu klein für mich."

„Tu nicht so dick", meinte der Käfer, „man sollte meinen, dir wäre die Welt viel zu klein, aber die Welt ist recht groß, kleine Veronika."

„Ja, gewiß, das ist sie", sagte Veronika.

„Sie geht sogar bis an die große Mauer, wo so viel Moos daran ist", erklärte der Käfer, „aber so weit bist du wohl noch niemals gewesen?"

„Ich bin schon viel weiter gewesen", sagte Veronika, „und es gibt auch hinter der Mauer noch eine ganze Menge von Dingen – das ist wieder eine andere Welt."

„Das sind Vermutungen", sagte der Käfer, „man kann sich nur auf das verlassen, was man sicher weiß. Die Baumelfen erzählen freilich davon, daß es hier im Garten eine große Brücke gäbe, die in eine andere Welt führt. Ich habe jedoch eine solche Brücke nicht gesehen. Ich nehme an, daß sie bei der Quelle sein wird, die durch den Garten fließt. Aber ich vermeide das Wasser und lebe überhaupt vorsichtig und zurückgezogen. Es gibt Gefahren und allerlei Käferkummer in dieser Welt."

Der Käfer seufzte und strich sich sorgenvoll mit dem Fühler über den Kopf.

„Ich kann mir das denken", meinte Veronika voller Teilnahme, denn der Käfer kam ihr trotz seiner etwas großartigen Sprechweise ziemlich hilflos vor, „du denkst, daß dich, zum Beispiel, die Amsel fressen könnte, die mich eben erst angeredet hat?"

„Ja, an solche schrecklichen Dinge dachte ich dabei", sagte der Käfer, „aber sprich nicht von der Amsel. Sie ist ein scheußliches Geschöpf. Ich wußte nicht, daß du solche üblen Bekanntschaften hast. Ich glaube kaum, daß ich dir sonst mein Landhaus gezeigt hätte."

„Ich kenne die Amsel nur ganz flüchtig", entschuldigte sich Veronika, „sie hat mich auch bloß geschimpft, weil ich mit Mutzeputz befreundet bin, und jetzt schimpfst du mich, weil ich die Amsel kenne. Was denkt ihr euch eigentlich alle dabei?"

„Ich sage nichts gegen Mutzeputz", meinte der Käfer, „aber die Amsel ist eine ganz gefährliche Person. Frage nur einmal die Regenwürmer danach, sie sind ganz der gleichen Meinung, und das sind doch gewiß Leute, die Erfahrung haben."

„Regenwürmer gibt es hier auch?" fragte Veronika und sah sich um. „Regenwürmer sind mir ein bißchen eklig, sie sind so lang und nackt. Ich glaube, sie haben überhaupt gar nichts an."

„Es sind angenehme und stille Nachbarn", sagte der Käfer, „ich wollte, es wären alle so. Leider ist das nicht der Fall. Man sollte es nicht glauben, man hat kaum in seinem eigenen Landhaus die nötige Ruhe. Über die Geister, die das Wachsen der Pflanzen besorgen, will ich nichts Abfälliges äußern. Sie sind zwar sehr unruhig und stets in geschäftiger Tätigkeit – übertrieben meiner Ansicht nach –, aber man muß anerkennen, daß sie lautlos und mit vieler Rücksicht auf die anderen arbeiten. Nur einmal ist mir eine Wurzel gerade durch meinen Vorraum gewachsen, und wir haben uns schließlich dahin geeinigt, daß sie sich ein bißchen erweiterte und ich sie als Hängematte benutzte. Wenn man aber tiefer in die Erde hinabschaut, kann man sich wirklich sehr ärgern. Ich vertrage Ärger gar nicht, ich bekomme gleich Kopfschmerzen davon. Da unten sitzen die eigentlichen Ruhestörer. Es sind schwarze und weiße Männchen, so ähnlich gestaltet wie du, nur sehr viel häßlicher. Du glaubst nicht, wie diese Männchen sich zanken, ich höre es des Nachts oft bis in mein Schlafzimmer hinauf. Es ist eine abscheuliche Gesellschaft, du solltest das bloß einmal sehen!"

„Das möchte ich gerne sehen", meinte Veronika, „ich wäre dir sehr dankbar, wenn du mir das zeigen wolltest. Es sieht gewiß sehr possierlich aus, wenn die kleinen Männchen sich zanken. Und warum zanken sie sich denn? Man kann sich doch nicht fortwährend zanken! Ich zanke mich auch einmal mit dem kleinen Peter, wenn wir spielen, aber wir versöhnen uns dann gleich wieder. Peter ist der Sohn vom Gärtner, du weißt das doch, sein Vater macht ja den ganzen Garten hier fertig."

„Das ist Unsinn", sagte der Käfer, „diesen Garten macht niemand fertig. Hier wächst alles ganz von selbst und war überhaupt immer da."

„Du weißt also nicht, warum die Männchen sich zanken?" fragte Veronika. Es erschien ihr zwecklos, dem Käfer zu erklären, wer der Gärtner war.

„Ich habe das einmal gehört, aber ich habe es wieder vergessen", sagte der Käfer, „ich bekomme immer Kopfschmerzen, wenn ich daran denke. Du wirst auch bloß Kopfschmerzen bekommen, also laß es lieber bleiben und kümmere dich nicht darum."

„Ich kriege niemals Kopfschmerzen", meinte Veronika, „Kopfschmerzen kriegen nur die Großen, und dann sind sie eklig und man darf sie nichts fragen. Mir macht das auch gar nichts aus, wenn die Männchen sich zanken. Was geht das mich an? Mir ist es einerlei. Ich will es bloß einmal sehen, weil es ulkig sein muß."

„Du wirst schon Kopfschmerzen bekommen, wenn du größer wirst", sagte der Käfer, „und es geht uns alle an, wenn sich die Männchen so zanken, das hat mir die Baumelfe gesagt, denn die weiß es ganz genau. Von ihrer Wohnung kannst du nämlich an den Wurzeln vorbei gerade zu den Männchen hinuntergucken."

„Das ist fein", meinte Veronika, „dann will ich die Baumelfe bitten, daß ich mir die Geschichte einmal ordentlich ansehen darf. Glaubst du, daß die Elfe im Baum es mir erlauben wird? Es ist doch gewiß eine gute Bekannte von dir, wenn ihr so nahe Nachbarn seid?"

„Wir sind nicht eigentlich gute Bekannte", sagte der Käfer, „es wäre dies gegen die schuldige Achtung, wenn ich mich so ausdrücken wollte. Ich stehe sozusagen unter dem Schutze der Baumelfe, mußt du wissen. Sie erlaubt es nicht, daß die Amsel kommt und mich auffrißt, und sie gibt überhaupt acht, daß mir keine Kümmernisse zustoßen. Darum bleibe ich auch stets in der Nähe meines Landhauses, es gibt so viele Gefahren und allerlei Käferkummer auf dieser Welt. Aber ich glaube wohl, daß du zur Baumelfe hineingehen könntest, sie ist wirklich sehr gefällig. Du brauchst nur einfach durch die Rinde hindurchzurutschen. Da drinnen sitzt sie – siehst du?"

„Komm, kleine Veronika", rief die Elfe und guckte aus ihrem Baum hinaus. Sie war ein wunderhübsches Geschöpf und sah aus wie ein junges, sehr feingliedriges Mädchen, das ein wenig klein geblieben ist.

„Da kann ich doch nicht hinein", meinte Veronika.

„Ich will mich nun in meinem Schlafzimmer auf den Magen legen und mich etwas ausruhen", sagte der Käfer, „und zwar so, daß mir die Sonne durch das kunstvolle Loch auf den Rücken scheint. Es ist eine außergewöhnliche Einrichtung, du kannst sie dir ja später noch einmal betrachten. Guten Tag und auf Wiedersehen!"

„Du kannst schon in den Baum zu mir hereinkommen, kleine Veronika", meinte die Baumelfe, „bloß nicht ganz so, wie du jetzt bist. Du mußt dich noch ein bißchen verändern und aus deinem Körper hinausschlüpfen."

„Das scheint mir unbequem zu sein, ich habe das auch noch niemals versucht. Mein Körper ist doch nicht nur ein Kleid, das ich einfach wegtun kann. Worin soll ich denn dann spazierengehen? Genügt es nicht, daß ich in deine Wurzeln und zu den Männchen hinuntergucke, so wie ich mir das Landhaus des Käfers angeschaut habe? Das ging doch auch sehr fein, und ich hätte auch noch viel mehr gesehen, wenn der Käfer nicht so viel geschwatzt hätte. Und dabei sagte er doch, daß er Kopfschmerzen habe."

„Der Käfer ist etwas umständlich", sagte die Elfe im Baum und lachte, „kleine Leute mit vielen Beinen sind das meistens. Aber so wie du in die Wohnung des Käfers geguckt hast, kannst du hier bei mir nicht hineinsehen. Du hast zwar noch die himmlischen Augen, kleine Veronika, und kannst vieles damit erkennen, was in der Höhe und auf der Erde ist. Aber um in die Tiefen zu schauen, muß man wieder andere Augen bekommen, und das dauert lange und es tut sehr weh. Schlüpfe schon lieber herein zu mir, denn das kannst du noch ganz gut machen. Die Dämmerung ist ja noch nicht über dich gekommen, kleine Veronika. Du brauchst auch gar keine Angst zu haben. Dein Erdenleib ist doch nichts weiter als ein Kleid, und darin steckt ein feineres Kleid, und in dem feineren Kleid steckst du selbst. Das grobe Erdenkleid kannst du ruhig ein bißchen für sich allein sitzenlassen, wo es eben ist, und im feineren Kleide bist du wie ich und alle die Elfen und Nixen im Wasser, in der Luft und im Feuer. Du mußt dir nur einen Ruck geben, so ähnlich wie vor dem Einschlafen, denn das ist ja beinahe das gleiche, und dann geht es ganz von selbst."

Da gab sich Veronika einen Ruck, und mit einem Male war

sie draußen und war so leicht wie eine Feder, wenn der Wind mit ihr spielt, und so durchsichtig, daß sie durch sich selbst hindurchgucken konnte. Ihr Erdenleib aber saß daneben und sah ein bißchen dumm aus, wie es ihr selber vorkam. Im nächsten Augenblick war sie schon mittendrin im Baum, und die Elfe hatte sie bei den Händen gefaßt und zeigte ihr alle die Wunder, die darin waren.

Es gab hier eine ganze Menge zu sehen, viel mehr als in dem Landhaus des Käfers, und Veronika kam aus dem Staunen nicht heraus. In tausend feinen Adern stiegen und sanken die Säfte, von den Wurzeln bis hoch hinauf in die Krone und weit in die Äste und Blätter, die sich leise im Winde bewegten. Und das Schöne dabei war, daß man selber gleichsam darin war, man sank und stieg wie in einer lebendigen Schaukel.

„Ich kann das alles eigentlich jetzt viel besser verstehen, wo ich drin bin, als vorher, wo ich nur von außen mit den Augen hineingucken konnte", sagte Veronika. „Mir kommt es überhaupt vor, als wenn ich klüger geworden wäre, seit ich nicht mehr in meinem Erdenleib stecke. Ich glaube, man wird ein bißchen dumm durch ihn und jedenfalls sehr viel schwerer, denn es ist wirklich fein, wie leicht ich jetzt geworden bin."

„Ja", meinte die Elfe, „ihr werdet schon ziemlich dumm durch eure Erdenleiber. Es sind ja auch gar zu unbequeme Kleider, und ich könnte mich nicht darin bewegen. Das Schlimme dabei ist, daß ihr immer dümmer werdet, je größer der Erdenleib wird und je mehr ihr mit ihm zusammenwachst. Ich kann es euch ja nur nachempfinden, denn selber durchgemacht habe ich es nicht."

„Kommen wir denn auf die Erde, um dumm zu werden?" fragte Veronika, „das erscheint mir doch etwas komisch, weißt du."

„Das ist es nicht", sagte die Elfe, „ihr werdet bloß dumm, weil es dunkel wird, und dann sollt ihr das Licht suchen, um wieder klug zu werden. Denn wenn ihr das Licht aus dem Dunkel gefunden habt, dann seid ihr ein ganzes Stück klüger geworden. Das Licht zu suchen, ist eben die Aufgabe der Menschen, die Gott ihnen gegeben, und sie müssen es suchen und finden für sich, für die Tiere, Pflanzen und Steine, für die Elfen und Männchen und für alles, was mit ihnen lebt. Das ist aber eine recht schwierige Geschichte, ich kann es dir auch nicht so erklären."

„Es kommt mir sehr umständlich vor", meinte Veronika, „konnte der liebe Gott das nicht ein bißchen bequemer und einfacher einrichten? Ihm kann es doch einerlei sein. Er kann doch alles machen, wie er will. Ich will ihn einmal danach fragen, wenn ich ihm begegne. Aber es ist wohl nicht leicht, ihn zu sprechen? Man kann sich ja denken, daß er viel zu tun hat."

„Ach, kleine Veronika", sagte die Elfe und seufzte, „wenn du Gott suchst, wirst du viele schwere Wege wandern müssen, und wenn du ihn endlich gefunden hast, wirst du ihn nicht mehr fragen, was du heute frugst. Gott suchen und Gott finden ist mehr als eine Kinderfrage. Wäre es das nicht, wir wären vielleicht schon alle erlöst."

„Bist du denn verzaubert?" fragte Veronika, „das ist ja wie im Märchen bei Schneewittchen."

„Im Märchen ist alles so wirklich, wie sonst auf der Erde", sagte die Elfe, „oh, wenn die Menschen das doch endlich begreifen wollten!"

„Schneewittchen schläft im gläsernen Sarge", sagte Veronika leise, und ihre Augen wurden ernst und tief.

Die Elfe faßte Veronikas Hand.

„Wir alle schlafen im gläsernen Sarge", sagte sie, „denke daran, denke immer daran, wenn du einmal größer wirst, kleine Veronika.

Ja, hilf uns erlösen, dich und uns alle. Aber das ist so sehr schwer, kleine Veronika. Du kannst das heute noch nicht verstehen."

„Warum nicht?" fragte Veronika, „bin ich nicht klüger geworden, seit ich aus meinem Erdenleibe herausgerutscht bin?"

„Vielleicht", meinte die Elfe, „aber noch nicht klug genug. Um zu erlösen, mußt du ja selbst in den gläsernen Sarg hinein und tief ins Dunkel, bis du das Licht findest. Aber es müssen alle Menschen das tun – die anderen Geschöpfe warten so sehr darauf."

„Ich hätte das einfacher eingerichtet, wenn ich der liebe Gott wäre", meinte Veronika nachdenklich.

„Glaubst du, daß es dann ebenso gut geworden wäre?" fragte die Elfe.

„Das läßt sich natürlich nicht sagen", meinte Veronika, „ich kann das alles überhaupt noch nicht so recht übersehen. Bloß daß wir und Schneewittchen aus dem gläsernen Sarge hinaus müssen, scheint mir sehr nötig. Ich werde später mehr darüber nachdenken. Eben kommt es mir ein wenig schwierig vor. Aber willst du mir nicht die Männchen zeigen, die sich zanken? Es würde mir großen Spaß machen."

„Komm", sagte die Elfe, „du mußt einmal hier durch die Wurzeln hindurchgucken. Die kleinen Männchen sitzen tief unter den Wurzeln in der Erde. Kannst du sie sehen? Es sind bloß ein Paar. Man kann ja von hier aus nicht alles überschauen, was unten in der Erde vor sich geht."

„Richtig, da sind sie! Ach, sehen die komisch aus!" rief Veronika und beugte sich tief hinab, „das eine ist schwarz und das andre ist weiß, und beide sind sie so klein wie Mäuse. Jetzt fährt das schwarze Männchen auf das weiße los und will ihm einen Stein entreißen. Das ist ein hübscher Stein – und, guck, das weiße Männchen hat einen Hammer in der Hand, von dem sprühen Funken. Ach, das sieht fein aus! Aber das schwarze Männchen ärgert sich schrecklich, und nun zanken sie sich.

Sage einmal, was wollen denn die mit dem Stein machen?"

„Ja, siehst du, Veronika", sagte die Elfe, „das weiße Männchen behaut die Steine und macht, daß sie eine schöne Form bekommen, und die Funken will es gern in den Stein hinein haben, damit er durchlichtet wird. Es gibt doch auch klare Steine, weißt du, und so soll die ganze Erde durchlichtet werden. Aber die schwarzen Männchen mögen das nicht leiden."

„Warum denn nicht?" fragte Veronika, „das würde doch wunderhübsch aussehen."

„Gewiß", sagte die Elfe, „und alle würden dann ganz licht und durchsichtig werden, die Menschen, die Tiere, die Pflanzen, und nicht nur die Steine."

„Das sollte man aber doch machen", meinte Veronika, „ich denke mir das reizend, wenn man in jeden hineingucken kann, was drin ist."

„Wenn du größer wirst, kleine Veronika", sagte die Elfe, „dann wirst du es schon bemerken, wie wenig die Menschen es haben wollen, daß man in sie hineinschauen kann. Und du wirst es auch verstehen, denn es sind sehr häßliche und schreckliche Dinge, welche die Menschen in sich verwahren, und die schwarzen Männchen mögen es schon gar nicht dulden, daß man in sie hineingucken könnte, denn was darin zu sehen ist, das ist wirklich abscheulich. Und darum wollen sie, daß alles auf der Erde so schwarz und so dunkel wird, wie sie selbst es sind."

„Ich finde, das sollte man sich nicht gefallen lassen", meinte Veronika, „das sind doch bloß Mäuse auf zwei Beinen, was haben denn die viel zu sagen? Die schubst man beiseite, das ist ganz einfach."

„Das können wir beide nicht", sagte die Elfe, „ich nicht und du auch nicht, Veronika. Wenigstens heute noch nicht. Und sieh einmal, wenn du auch ein schwarzes Männchen beiseite schubst, und das wirst du später manches Mal tun – es sind eben doch sehr viele, und hinter ihnen stehen ganz große und starke Gestalten. Wenn du die sehen könntest, würdest du nicht mehr von Mäusen reden."

„Ach, die zeige mir bitte einmal", rief Veronika und klatschte vergnügt in die Hände, „es gibt ja eine Menge bei dir zu sehen. Zu dir muß ich recht oft in den Baum hineinkommen!"

„Wer weiß, wann du wiederkommst, kleine Veronika", sagte die Elfe, „vielleicht kommt bald die Dämmerung über dich, und du wirst mich und das alles für eine ganze Weile vergessen. Doch die großen Gestalten darf ich dir nicht zeigen, du würdest dich so sehr erschrecken, daß du nicht mehr in dein irdisches Kleid zurückschlüpfen wolltest. Das aber mußt du tun, denn deine Wanderung hat ja erst begonnen."

„Muß ich denn wandern?" fragte Veronika, „ich gehe doch bloß im Garten spazieren, wie heute."

„Du wirst viele Wanderungen machen, und es wird kein Spaziergang sein, kleine Veronika."

„Ach, meinst du?" sagte Veronika, „und stehen hinter den weißen Männchen auch so große Gestalten und sind sie auch so schrecklich? Huh, wie sich die Männchen zanken! Aber jetzt hat das weiße Männchen doch den Stein behalten, das freut mich riesig, er soll ihn nur recht schön klar und durchsichtig machen."

„Ja, auch hinter den weißen Männchen stehen große Geister, doch die sind nicht schrecklich. Sie sind wunderbar schön, aber so schön, daß du auch sie noch nicht ertragen könntest. Warte nur, kleine Veronika, bis du einmal die Augen der Tiefe haben wirst, dann kannst du die einen und die anderen schauen."

„Dann möchte ich bald die Augen der Tiefe haben", sagte Veronika sehnsuchtsvoll.

„Ach, kleine Veronika, wünsche das nicht. Die Augen der

Tiefe reifen durch Tränen, und die Tränen kommen noch früh genug."

An den Baumstamm klopfte es leise. Draußen stand ein Luftgeist, der sah aus, als wäre er aus lauter bunten Farben gewoben, und an den Schultern hatte er Falterflügel.

„Oh, ist der hübsch", rief Veronika.

„Ich soll die kleine Veronika abholen und sie noch einmal zur silbernen Brücke führen", sagte er leise.

„Das ist aber nett von dir", meinte Veronika, „ich freue mich sehr darauf, eine silberne Brücke möchte ich zu gerne sehen!"

„Ich glaube, deine Dämmerung ist nun nahe gekommen, Veronika", sagte die Elfe. „Steige hinauf in die Krone, dann gibt dir der Luftgeist die Hand, und du fliegst mit ihm zur silbernen Brücke."

„Kommst du nicht mit?" fragte Veronika, „ich würde mich sehr freuen, wenn du mitkämst. Wir haben uns so schön unterhalten."

„Nein, ich kann nicht mit dir gehen", sagte die Elfe, „ich bin an den Baum gebunden und muß in ihm bleiben, bis er abstirbt oder gefällt wird. Das kommt auch einmal."

„Oh", meinte Veronika bedauernd, „tut das sehr weh?"

„Es tut schon weh", sagte die Elfe, „aber nicht so, wie du es dir denkst. Es ist so, als ob man auszieht aus einem Haus, das man gern hatte, in ein anderes, nicht so, wie wenn du dich in den Finger schneidest. Solchen Schmerz fühlen wir nicht, und wir sterben auch nicht so wie Menschen und Tiere, denn die sind ja anders mit ihrem Erdenleib verwachsen, und es ist ein größerer Abschnitt für sie, wenn sie ihn verlassen und über die silberne Brücke gehen. Wir aber sind halb hier und halb dort zu Hause, bis wir alle einmal die gleiche Heimat finden. Doch das wird erst sein, wenn Schneewittchen erwacht ist."

„Ich kann das nicht ganz verstehen", meinte Veronika, „ich

bin noch nie gestorben und noch niemals von einem Haus in ein anderes gezogen."

„Du hast beides schon viele Male getan", sagte der Luftgeist von oben, „du hast es nur wieder vergessen. Die Dämmerung ist dazwischengekommen, und nun kommt sie bald wieder, kleine Veronika. Aber zuerst wollen wir noch zur silbernen Brücke fliegen."

Da hob die Elfe Veronika auf und trug sie hoch in die Krone des Baumes, wo der Luftgeist auf sie wartete.

„Lebe wohl, kleine Veronika", sagte sie, „vergiß mich nicht. Aber ich weiß ja, daß du mich vergessen wirst, wenn die Dämmerung kommt. So will ich dir lieber sagen: erinnere dich wieder einmal meiner, und dann denke daran, daß Schneewittchen im gläsernen Sarge schläft wie wir alle und daß wir alle erlöst sein wollen."

„Ja, daran will ich denken", versprach Veronika, „lebe wohl und auf Wiedersehen. Ich komme bald!"

„Du wirst nicht so bald kommen, und wenn du wieder durch den Garten der Geister wanderst, wird viel geschehen sein, Veronika", rief die Elfe ihr nach und winkte ihr mit der Hand zum Abschied.

Oben in den grünen Zweigen saß die Amsel und machte einen erheblichen Lärm.

„Du brauchst nicht so zu schreien", sagte Veronika, „über dich habe ich mich geärgert, denn du hast geschimpft, weil ich mit Mutzeputz befreundet bin. Dabei ist Mutzeputz viel klüger als du, und ich tue nichts, ohne Mutzeputz zu fragen. Überhaupt will ich dir sagen, daß du keine Ursache hast, auf andere zu schimpfen, denn der Käfer hat noch viel schlimmer über dich gesprochen als du über Mutzeputz. Der Käfer sagte, du seiest ein scheußliches Geschöpf, und die Regenwürmer sind auch derselben Meinung. Der Käfer sagte, er hätte mir nicht sein Landhaus gezeigt, wenn er gewußt hätte, daß ich dich kenne.

Siehst du, so steht es mit dir, und du hast kein Recht, über Mutzeputz zu schimpfen. Mutzeputz hat auch stets seine pünktlichen Mahlzeiten und hat es nicht nötig, dich aufzuessen. Dich schon gar nicht!"

Veronika war es ordentlich eine Erleichterung, daß sie sich das vom Herzen reden konnte. Denn sie konnte es durchaus nicht vertragen, wenn jemand Mutzeputz nicht die schuldige Achtung erwies. Die Amsel aber saß da und sperrte den Schnabel auf über eine solche unerhörte Frechheit. So etwas hatte ihr wahrhaftig noch niemand gesagt, und das Schlimmste dabei war – es ließ sich auch nichts dagegen einwenden.

„Du hast schon recht, Veronika", sagte der Luftgeist, „aber, sieh einmal, Mutzeputz hat recht, und die Amsel, die Käfer und die Regenwürmer auch. Das sind die Kräfte, die sie vernichten, weil sie in die Dämmerung hinabsteigen mußten, und das wird erst anders werden, wenn Schneewittchen wieder erwacht ist, und dazu kannst du einiges tun, und alle anderen Menschen können es wie du. Das sind große Geheimnisse des Werdens und Vergehens, Veronika, nur sind sie heute noch ein bißchen zu schwer für dich. Aber, nicht wahr, du kannst es verstehen, daß es dir auch nicht recht wäre, wenn man dich aufessen wollte – natürlich nicht dich, sondern deinen Erdenleib?"

„Ja", meinte Veronika, „ich selbst bin nicht gegessen worden und kann darüber nichts sagen, ich denke es mir aber sehr eklig."

„Siehst du", sagte der Luftgeist, „und nun stelle dir einmal vor, es würde jemand kommen und die aufessen, die du lieb hast – und solche hast du doch auch, nicht wahr?"

„Natürlich", sagte Veronika eifrig, „Mutzeputz und Mama, Onkel Johannes, Tante Mariechen, den kleinen Peter und meine Puppen, nein, die darf niemand essen, das wäre ja schrecklich. Auch Karoline soll nicht gegessen werden. Karoline ist die Köchin, weißt du. Sie spricht sehr laut, aber Mutzeputz schätzt sie sehr. Es ist eigentlich sonderbar, daß Mutzeputz sie schätzt, denn er mag es sonst nicht leiden, wenn man laut mit ihm spricht. Wir sprechen meist nur mit Gedanken zusammen. Papa kann man nicht mehr aufessen. Papa ist im Himmel. Mama sagt, der liebe Gott habe ihn irgendwie sehr nötig gehabt, und wir müssen uns so behelfen."

„Liebst du Mutzeputz am meisten, Veronika", fragte der Luftgeist, „weil du ihn ganz zuerst genannt hast?"

„Ich liebe alle", sagte Veronika, „aber ich dachte zuerst an Mutzeputz, weil ich ihn immer nach allem frage. Die anderen kann man gar nicht so fragen, weil sie nicht alles verstehen, was man meint. Am ehesten noch Onkel Johannes. Es kann auch sein, daß Onkel Johannes ebenso klug ist wie Mutzeputz, aber ich glaube das eigentlich nicht. Jedenfalls sind sie beide sehr befreundet, und Onkel Johannes hat große Achtung vor Mutzeputz."

„Das ist recht von Onkel Johannes", meinte der Luftgeist, „aber nun wollen wir zusammen zur silbernen Brücke fliegen."

„Wie kann ich das?" fragte Veronika zaghaft, „da müßte ich auch so schöne Flügel haben wie du."

„Du hast ja schon welche, merkst du es nicht, daß sie dir an den Schultern gewachsen sind? Bei uns geht das schnell im Garten der Geister."

Wahrhaftig – Veronika fühlte, wie sich leise federnde Falterschwingen an ihren Schultern bewegten, und schwerelos glitt sie mit dem Luftgeist von der Krone des Baumes in die weite, durchsonnte Sommerluft.

Um sie herum flogen Schmetterlinge.

„Nun bist du wie wir, Veronika", sagten sie.

Tief unter ihnen lag der Garten mit Kohl und Radieschen, mit Blumen, Käfern und Regenwürmern, und die Quellnixe warf ihre blanken Bälle in die blaue Luft, daß sie im Sonnenlicht zersprangen wie tausend blitzende Diamanten.

„Warum fliegst du so hoch über den Garten hinweg, Veronika?" rief die Igelmutter, „du mußt erst einmal sehen, wie hübsch sich meine Kinder zusammenrollen können."

„Oh, die niedlichen kleinen Kugeln, mit lauter Stacheln daran!" rief sie entzückt.

„Was fällt dir ein, von Kugeln zu reden?" ärgerte sich die Igelmutter, „das sind keine Kugeln, das sind meine Kinder. Was würdest du sagen, wenn ich deine Kinder Kugeln nennen wollte? Was sind das überhaupt für Ausdrücke!"

„Hier wird einem aber leicht etwas übelgenommen", sagte Veronika, „erst schimpft die Amsel, dann der Käfer und nun der Igel. Dabei habe ich doch gesagt, daß die Kinder reizend sind."

„Je tiefer im Garten der Erde, um so mehr wird alles mißverstanden, das kommt von der Dämmerung, Veronika, und am meisten mißverstehen und schimpfen die Menschen", meinte der Luftgeist. „Veronika hat das gar nicht so gemeint", rief er nach unten, „und außerdem ist eine Kugel die vollendetste aller Formen."

„So? Ist das auch wahr?" fragte die Igelmutter geschmeichelt, „und wohin fliegt ihr so eilig?"

„Über die Quelle hinüber zur silbernen Brücke", rief der Luftgeist.

„Da will ich auch hin", meinte die Igelmutter, „aber wie soll ich mit den Kleinen über das Wasser? Ich suche schon lange nach einem passenden Übergang."

„Am andern Ende des Gartens ist eine kleine Brücke", sagte der Luftgeist, „die führt über die Quelle hinüber."

„Immer diese Umwege!" knurrte die Igelmutter, „nein, das ist mir heute zu umständlich, dann bleiben wir lieber hier. Es ist auch hier recht sonnig und angenehm."

„Ja, man muß Umwege machen, bis man zur silbernen Brücke kommt", sagte der Luftgeist, „auch du wirst noch manchen Umweg machen müssen, kleine Veronika. Aber für den Igel ist es überhaupt noch zu früh, er hat noch hier zu tun. Auch ist er noch zu empfindlich und leicht beleidigt."

„Wenn die silberne Brücke jenseits der Quelle liegt, dann ist sie ja da, wo Onkel Johannes wohnt?" fragte Veronika. „Am Ende hat sie Onkel Johannes selber gebaut? Dann hätte er mir freilich auch etwas davon sagen können."

„Onkel Johannes hat wohl schon manche Brücke gebaut, die zu der silbernen Brücke führen sollte, aber die silberne Brücke selber kann er nicht bauen. Ich glaube eher, er hat sich seine Wohnung dort eingerichtet, weil er die silberne Brücke daneben entdeckt hat", sagte der Luftgeist. „Schau, Veronika, da ist sie!"

Auf silbernen Pfeilern erhob sich die silberne Brücke aus dem Garten der Geister. Sie stieg in weitem Bogen in die klare Luft hinauf und verlor sich schimmernd im Sonnenlicht, in einem Glanz, den die Augen nicht mehr ertragen konnten. So etwas Schönes glaubte Veronika noch nie gesehen zu haben, und doch war es ihr, als wäre sie hier zu Hause und wäre schon oft über die silberne Brücke gegangen. Aber wann war das gewesen – wann? Sie konnte sich nicht mehr darauf besinnen. Da, wo die Brücke begann, waren die Erde und die Steine klar wie aus Glas, und es blühten um sie durchlichtete Lilien und Rosen und tausend andere Blumen, die Veronika nicht alle kannte. Lautlos und ohne Schwere schwebten Gestalten von Menschen und Tieren über die Brücke, und auch sie waren durchdrungen von jenem Licht, das Blumen und Steine erhellte. Auf der Mitte der Brücke aber, gerade dort, wo sie sich im Glanz verlor, standen lauter weißgekleidete Engel mit silbernen Schwingen. Veronika war ganz still geworden und fühlte nichts als das Licht in sich, und ihr war es, als müsse sie vor allen anderen einen Engel besonders anschauen, vielleicht, weil er auch die Augen gerade auf sie gerichtet hatte.

„Sieh dir die silberne Brücke an, kleine Veronika, du kamst von ihr und du gehst wieder zu ihr", sagte der weißgekleidete Engel, „aber erst kommt die Dämmerung."

Da schien es der kleinen Veronika, als ob eine große Angst vor der Dämmerung sie ergriffe, obwohl sie nicht so recht wußte, was das eigentlich war.

„Hab keine Furcht, kleine Veronika", sagte der Engel, „die Dämmerung kommt, und der Glanz der silbernen Brücke wird erlöschen, und auch den Garten der Geister wirst du nicht mehr so sehen, wie du ihn heute sahst, zum letzten Mal. Es wird sehr dunkel, wenn die Dämmerung kommt. Aber ich werde mit dir gehen, und ich werde dir deine drei Lichter anzünden, kleine Veronika, und werde über dir wachen."

Ein großer, grauer Schleier fiel über die silberne Brücke und über alles, was auf ihr war, so daß Veronika nichts mehr davon sehen konnte. Es war eine tiefe Stille und Traurigkeit um sie. Nur von fern redete es mit leisen Stimmen.

„Siehe, wie weiß unsere Blüten sind", sagten die Liliengeister, „so rein und so weiß ist das himmlische Hemd, das du einmal wieder tragen wirst."

„Schau, wie rot unsere Kelche sind", sagten die Rosenseelen, „so rein und so rot ist der Kelch des Grales, nach dem du einmal wieder die Arme ausstrecken wirst."

Der graue Schleier wurde dunkler und lag nun auch über dem Garten der Geister, so daß Veronika nicht mehr so deutlich sehen konnte wie vorher.

Der Luftgeist streckte ihr die Hand hin.

„Lebe wohl, Veronika", sagte er.

„Gehst du auch fort von mir?" fragte Veronika, „gehe nicht fort, ich fürchte mich, allein zu bleiben."

„Du wirst nicht allein bleiben", sagte der Luftgeist, und es war, als ob seine leuchtenden Farben verblaßten, „dein Engel wird über dir wachen, und dann hast du doch Mutzeputz und die anderen, die du um Rat fragen kannst."

„Ich hätte noch gerne jemand wie dich oder die Elfe im Baum", sagte Veronika.

„Auch das wirst du haben, wenn du ins Haus der Schatten gehen wirst", sagte der Luftgeist und lächelte freundlich, „im Hause der Schatten lebt ein kleines Geschöpf, das nahe mit uns verwandt ist. Es heißt Magister Mützchen, und es wird dich betreuen, so gut es das kann nach seinen Kräften."

„Magister Mützchen?" wiederholte Veronika, „was ist das für ein komischer Name!"

„Möchtest du dir nicht vielleicht noch einmal mein Landhaus betrachten?" fragte eine kleine, schwache Käferstimme, sehr, sehr ferne und kaum noch vernehmbar.

Dann wurde es dunkel im Garten der Geister. Die himmlischen Augen hatten sich geschlossen.

*

„Veronika!" rief es. Das war die Stimme der Mutter.

„Ja, Mama, ich komme!"

Und mit einem Ruck, der ein wenig schmerzhaft war, glitt die kleine Veronika in ihren Erdenleib zurück.

Die Mutter stand vor ihr und sah sie an.

„Hast du geschlafen, Veronika?" fragte sie freundlich.

„Nein, Mama, ich habe nicht geschlafen, ich war sehr wach, und ich war bei einem Käfer und bei der Baumelfe, und nachher hat mir der Luftgeist die silberne Brücke gezeigt."

„Du hast geträumt, Veronika."

„O nein, das war alles sehr wirklich", sagte Veronika, und es kränkte sie, daß die Erwachsenen immer wieder nicht begreifen konnten, was doch viel wirklicher war als alles auf der Erde.

Aber als sie sich selbst genauer auf alles besinnen wollte,

konnte sie es nicht mehr. Nur eine Ahnung war da, doch man konnte sie nicht mehr deutlich machen.

Die große Dämmerung hatte begonnen.

„Komm, Veronika", sagte die Mutter, „nimm deine Schaufel und deinen Blecheimer, du kannst dein schönes Gartenbeet morgen weitergraben. Jetzt wollen wir nach Hause gehen. Wo ist denn Mutzeputz?"

Als Mutzeputz seinen Namen hörte, sprang er in großen Sätzen an Veronika und ihrer Mutter vorbei, lief ihnen voraus und hüpfte über die Treppenstufen auf die Veranda, um dort zu warten. Er wollte es Veronikas Mutter durchaus nicht zugestehen, daß er gekommen war, bloß weil sie ihn rief. Man muß schon selbständig bleiben, wenn man der Kater Mutzeputz ist, nicht wahr?

„Wie dunkel ist der Garten geworden, und er war doch so hell", dachte Veronika, „ich sehe gar nichts mehr ordentlich."

Es war aber doch nicht ganz so schlimm, und die kleine Veronika konnte noch manches sehen. Unten an den Treppenstufen stand ein sehr kleines Geschöpf mit dünnen Beinen, in einem grauen Kleide und mit einem spitzen, roten Hut auf dem Kopf. Es war nicht größer als zwei Handlängen und dabei sehr beweglich und überaus komisch. Wie sonderbar, daß die Mutter es nicht bemerkte! Sie sagte jedenfalls nichts.

Veronika lachte, und mit einem Male kam ihr auch die Erinnerung an das, was ihr der Luftgeist zum Abschied gesagt hatte.

„Bist du Magister Mützchen?" fragte sie.

„Zu dienen, Mützchen – Magister Mützchen, zu dienen", sagte das kleine Geschöpf und verneigte sich unaufhörlich.

Dabei nahm es den roten Hut vom Kopf und hielt ihn sich vor den Magen. Dazwischen schnitt es Fratzen, die wirklich sehenswert waren. Es kam auch die Treppe mit hinauf.

„Falle nicht, kleine Veronika", sagte es und nahm Veronika bei der Hand.

Veronika empfand eine große Ruhe dabei. Es war ihr, als habe sie einen guten Kameraden gefunden.

„Fällt man denn hier so leicht?" fragte sie, und diesmal redete sie laut und nicht nur in Gedanken.

„Über diese Stufen sind schon viele gefallen, kleine Veronika", sagte Magister Mützchen, „ach, so viele! Es ist ja das Haus der Schatten, in das du gehst, und es hat viele Stufen und viele Schwellen."

„Mit wem redest du denn, Veronika?" fragte die Mutter.

„Ach, bloß so", sagte Veronika.

Dann gingen sie alle in das Haus der Schatten hinein.

*

In dieser Nacht konnte die kleine Veronika lange nicht einschlafen. Sie lag mit offenen Augen im Bett und guckte auf Mutzeputz, der zu ihren Füßen schlief, und auf Magister Mützchen, der am Bettpfosten turnte und unglaubliche Gesichter machte. Es war doch bewunderungswürdig, wie er das konnte.

„Sei nur leise", sagte Veronika, „damit die Mutter nicht aufwacht."

„Die wacht nicht auf", meinte Magister Mützchen, „sie schläft ganz fest, und mich würde sie doch nicht bemerken. Aber ich werde jetzt keinen Unsinn mehr machen, es kommt noch jemand zu dir."

Mit einem Male wurde es sehr hell im Zimmer, und Veronika sah, wie der Engel von der silbernen Brücke an ihrem Bett stand. Veronika erkannte ihn gleich, und es kam ein großer und froher Friede über sie.

„Wie schön, daß du kommst", sagte sie, „ich war ein bißchen

ängstlich geworden. Mir ist, als ob ich heute viel erlebt habe und als ob etwas Besonderes geschehen sei."

„Das ist wahr, Veronika", sagte der Engel und sah die kleine Veronika an. Es war viel Liebe in seinen Augen. „Heute hast du für eine lange Zeit zum letzten Male den Garten der Geister und die silberne Brücke geschaut, und deine himmlischen Augen haben sich geschlossen. Nur im Haus der Schatten werden sie noch sehen. Die große Dämmerung ist gekommen und nun beginnt deine Wanderung. Aber du mußt keine Angst haben, wenn es dunkel ist, ich will dir deine drei Lichter anzünden und über dir und ihnen Wache halten."

„Ach, bitte, wache auch über Mutzeputz und Magister Mützchen und alle anderen auch", bat Veronika.

„Ja", sagte der Engel, „ich will auch über Mutzeputz und Mützchen wachen. Auch über die anderen, wenn sie über sich wachen lassen wollen. Das wollen ja nicht alle Menschen, so wie du es dir denkst."

Still und feierlich stellte der Engel einen großen, seltsamen Leuchter mit drei Armen vor Veronika hin. Auf der Spitze jedes Armes brannte eine kleine Flamme, eine blaue und eine rote an den Seiten und eine goldene, ein wenig erhöht, in der Mitte.

„Nun brennen deine drei Lichter in der Dämmerung", sagte der Engel, „Segen auf deinen Weg, kleine Veronika."

Veronika schaute mit weiten Augen in die leuchtenden Flammen und auf den Engel. Sie sah noch, daß Magister Mützchen andachtsvoll in einer Ecke hockte, und sie hörte Mutzeputz leise schnurren. Dann kam eine unendliche Müdigkeit über sie, und sie schlief ein.

Aber der Engel an ihrem Bett blieb stehen und hielt seine Hand über die drei Lichter der kleinen Veronika.

2 DAS HAUS DER SCHATTEN

Am anderen Morgen erschien es der kleinen Veronika, als habe sie sehr tief geschlafen und als sei eine lange Zeit vergangen zwischen gestern und heute, nicht nur eine einzige Nacht. Und ihr war, als wäre sie zu einem neuen Leben in eine neue Welt geboren. Das kam, weil sie zum ersten Male im Hause der Schatten wirklich erwacht war. Gewiß hatte sie schon vorher im Haus der Schatten gewohnt, aber es war dies mehr eine körperliche Anwesenheit als eine seelische gewesen. Gelebt hatte sie im Garten der Geister, und im Hause der Schatten war sie nur halb bewußt umhergegangen – es war ihr nur etwas Gelegentliches gewesen, an das sie sich nicht gebunden fühlte. Doch nun war die Dämmerung gekommen, der Garten der Geister war im Schleier verschwunden, und das Haus der Schatten trat in ihr Bewußtsein. Das ist eine der Schwellen im menschlichen Dasein, und wir müssen sie alle überschreiten. Nur vergessen die Menschen das alles, sie vergessen, daß sie im Garten der Geister waren, und lächeln ungläubig, wenn ihnen jemand davon erzählt – ja, viele vergessen es auch, was sie später im Hause der Schatten erlebten, und sie denken dann, im ganzen menschlichen Dasein sei nur das wirklich vorhanden, was zu greifen ist und was nur dieser Welt angehört. Das eigentliche Leben aber spielt sein buntes Spiel mit all seinen Farben hinter den Dingen, die greifbar sind, und das Schicksal webt seine unsichtbaren Fäden zwischen dem Garten der Geister und dem Haus der Schatten und seinen vielen seltsamen Bildern. Man muß schon ein wenig vom Garten der Geister und vom Haus der Schatten in seiner Seele behalten, sonst findet man sich später nicht zurecht in den Wirrnissen des Daseins, und man muß an seine drei Lichter auf dem Altar des Lebens denken, sonst fällt man über die vielen Schwellen und Stufen, weil es dunkel ist und man sie nicht sieht.

Denn es ist ja ein jedes Haus ein Haus der Schatten, und es war nicht nur die kleine Veronika, die in einem Haus der Schatten lebte. Wir alle wohnen darin, wo wir auch sein mögen auf dieser Erde, und wir alle wandern über Stufen und Schwellen, die wir nicht sehen und die nur ein inneres Licht erleuchtet. Es ist schwer, über Schwellen und Stufen zu wandern, es ist traurig, in den Häusern der Schatten zu leben – vielleicht am schlimmsten für die, welche es gar nicht bemerken.

Es ist auch nicht immer so gewesen. Es war eine Zeit, von der noch alte Sagen und Märchen erzählen, da wohnten die Menschen in Tempeln und lichten Hütten. Das war in der Menschheit Jugendland. Aber dann stiegen die Menschen hinunter ins Dunkel, und aus ihren Taten woben sich Schicksale und bauten sich die Häuser der Schatten. Ihr alle, die ihr heute atmet, wohnt in ihnen, und es ist sicherlich oft sehr schwer und bedrückend, in ihnen zu wohnen. Und doch müßt ihr nicht traurig sein. Denkt an die kleinen Flammen, die euch allen leuchten wie die drei Lichter der kleinen Veronika – denkt daran, ihr, die ihr heute atmet, und durchleuchtet mit ihnen die Häuser der Schatten. Dann werden es einmal wieder Tempel und helle Hütten sein, in denen ihr wohnt.

Das sind freilich weite Wege, von einer Ferne zur anderen. Aber glaubt nicht, daß ihr sie umsonst gewandert seid. Die Tempel und hellen Hütten, die ihr im Jugendlande der Menschheit bewohnt habt, die hattet nicht ihr gebaut, und ihr lebtet darin wie die Kinder im Garten der Geister. Doch die neuen Tempel und die neuen Hütten, die aus den Häusern der Schatten erwachsen sollen, die werdet ihr selber gebaut haben mit euren eigenen Gedanken, und ihr werdet darin erleben, was bewußte Kindheit ist. Bewußte Kindheit ist Seligkeit.

Glaubt ihr nicht, daß es sich lohnt, dafür über viele Stufen und viele Schwellen zu gehen, auch wenn es ein weiter Weg ist von einer Ferne zur andern?

Es ist eine Ferne, die war, von der wir kommen.

Es ist eine Ferne, die sein wird, zu der wir wandern.

Baut ihr Tempel und helle Hütten, ihr, die ihr heute atmet.

Das alles wußte die kleine Veronika nicht, als sie im Hause der Schatten erwacht war. Sie war noch klein, wie sollte sie das wissen? Vielleicht ahnte sie es, denn ihre drei Lichter brannten, und ihr Engel hielt seine Hand über sie. Sie selber dachte nicht weiter daran und sah es auch nicht, denn es ist nicht immer, daß wir unseren Engel sehen und die drei Lichter, die uns leuchten.

Aber sonst schaute die kleine Veronika eine Menge neuer Dinge im Hause der Schatten. War es ihr doch, als sei sie zum ersten Male darin erwacht und als öffne sich eine neue Welt mit vielen verworrenen Gängen und geheimnisvollen Türen vor ihren Augen. Die himmlischen Augen zwar hatten sich geschlossen, die in den Garten der Geister blickten, aber die Augen, welche die Schwellen und Stufen im Hause der Schatten sehn, begannen sich nun bei ihr zu öffnen. Es ist dies ein kleiner Anfang von dem, was die Augen der Tiefe sind. Bei den meisten Menschen schlafen auch diese Augen wieder ein. Darum verstehn sie das Leben nicht, denn das Leben liegt hinter den Dingen, und sein Weg ist eine ungreifbare Straße.

Viele Stufen und Schwellen sah die kleine Veronika. Man konnte gar nicht so einfach und unbehindert durch die Zimmer eilen wie früher, als man noch halb bewußt darin wohnte. Doch sie gewöhnte sich ziemlich schnell daran. Wenn man aufpaßte, ging es ganz gut, und man sprang einfach darüber weg. Nur wenn die Stufen steil und hoch waren, spazierte man lieber darum herum. Mit großer Geschicklichkeit turnten Mutzeputz und Magister Mützchen darüber hinweg, als wäre es gar nichts, oder sie schlüpften vergnüglich darunter durch. Nun muß man ja freilich bedenken, daß die Schwellen und Stufen für Mutzeputz und Magister Mützchen bei weitem nicht so gefährlich und bedeutungsvoll sind wie für ein Menschenkind, das gar zu leicht mit seinen Schicksalsfäden daran hängenbleiben und zu Fall kommen kann.

Übrigens vertrugen sich Mutzeputz und Magister Mützchen ausgezeichnet. Es machte den Eindruck, als wenn sie sich schon seit langem kannten, und das war ja auch richtig, denn beide wohnten schon bei weitem länger im Hause der Schatten, als es die kleine Veronika bewußt getan hatte. Denn das war ja eigentlich erst seit gestern nacht, als ihre drei Lichter angezündet wurden. Ja, von Magister Mützchen konnte man beinahe annehmen, daß er schon viele hundert Jahre hier beheimatet sei, und wenn er auf seinen dünnen, verstaubten Beinen überall umherhüpfte, sah es oft so aus, als wäre er aus dem alten Mauerwerk hervorgegangen und als wären seine Hosen und sein Röckchen aus grauem Spinnweb gemacht. Nur der rote Hut übte eine überzeugend starke Eigenwirkung aus und wies darauf hin, daß sein Träger doch wohl ein selbständiges Geschöpf sein müsse. Sehr innig mit dem Hause der Schatten verwachsen war er aber unbedingt, er kannte auch alle Schlupfwinkel und machte auf eine jede Sehenswürdigkeit aufmerksam wie ein erprobter Führer. Wie anschaulich konnte er zum Beispiel erklären, daß es dem Holzwurm im alten Schrank auf ein ganz bestimmtes, überaus gefälliges Muster bei seiner Arbeit angekommen wäre – wie sicher wußte er zu begründen, warum die Spinne sich gerade in jener Ecke ihr Netz gesponnen habe, warum hier ein Mauseloch sein müsse und dort eine gebrechliche Stelle in der Wand.

Er zeigte Veronika alle die vielen Zimmer und Gänge, und sie sah sie gleichsam zum ersten Male, denn bisher war sie nur darin gewesen, aber sie hatte sie nicht erlebt. Nun aber bemerkte sie, daß sie alle verschieden waren: In dem einen war es warm und hell, selbst dann noch hell, wenn die Fensterläden geschlossen waren, denn es war hier eine innerliche Helligkeit – in dem anderen Zimmer aber fröstelte es einen sogar im heißen Sommer, und es war dunkel darin, auch wenn die Sonne flutend hereinschien. Jedenfalls fühlte man das so deutlich, daß gar kein Zweifel darüber bestehen konnte. Mit dem Hausrat und mit den Bildern war es ganz ähnlich. Auch sie waren hell oder dunkel, warm oder kalt, und es gab Sachen darunter, die man lieber gar nicht anrühren mochte. In der Nähe solcher Dinge waren auch immer besonders viele Stufen. Wie war das alles sonderbar!

Am seltsamsten aber schien es der kleinen Veronika, daß sie nicht mehr so frei war wie damals im Garten der Geister, wo man so viele Stimmen hörte und so viele Bilder sah, aber doch immer ganz aus sich selbst heraus wählen konnte, wohin man gerade Lust hatte zu gehen. Im Haus der Schatten aber wurde man stets ein wenig geschoben, nicht körperlich, aber doch immerhin sehr merklich. Gewiß, man brauchte nicht allemal nachzugeben, aber man tut es allzu leicht, denn das ist ja naheliegend, wenn es einen plötzlich an die Schulter tippt und irgendwohin schiebt. Manchesmal bemerkte Veronika auch, wie Magister Mützchen sie ablenkte, wenn es sie in dieser Weise fortziehen wollte. Sehen konnte man niemand, der das tat, man konnte es nur fühlen, wie man Strömungen fühlt in einem Flusse, in dem man schwimmt. Es war ganz lustig, so angetippt und leise hin und her geschoben zu werden, es war voller Leben und gleichsam eine Einladung nach der anderen. Man wollte eigentlich nicht selbst – es wollte in einem –, und überall gab es ja auch etwas zu sehen.

Ach, kleine Veronika, es wird nicht immer so lustig sein, geschoben zu werden. Über viele Stufen wird es dich ziehen, die steil und mühsam sind, und über manche Schwelle wird es dich zwingen, vor der dir graut.

Jetzt fühlte Veronika wieder, wie es sie leicht an der Schulter berührte und mit sich zog. Sie folgte durch einige Zimmer und Gänge, indessen Magister Mützchen ein wenig ängstlich um sie herumhüpfte. Es war, als wolle er sie zurückhalten, denn immer wieder sprang er ihr in den Weg, aber offenbar konnte er nichts dagegen machen – es gab eben starke Gewalten im Haus der Schatten. Wer wußte das besser als Magister Mützchen? Er hatte ja schon viele hundert Jahre hier gewohnt.

Die kleine Veronika schritt durch den langen, etwas düsteren Saal, der nur selten benutzt wurde und in dem die alten Möbel steif und feierlich standen; und nun war eine Tür vor ihr, durch die sie noch niemals gegangen war. Die Türe war angelehnt, und drinnen im Zimmer schien sich niemand zu befinden. Veronika begann das Herz zu klopfen, sie wußte selbst nicht warum. Angst hatte sie eigentlich nicht.

„Es schiebt mich so wunderbar dort hinein", sagte sie und sah Magister Mützchen dabei an. Mutzeputz konnte sie eben nicht um Rat fragen, er war beruflich verhindert und sah irgendwo nach, ob alles in Ordnung war.

„Das ist das grüne Zimmer", erklärte Magister Mützchen, „es sind viele Bilder darin, aber keiner im Hause mag es leiden. Es wäre besser, Veronika, wenn du noch nicht über diese Schwelle gehen würdest. Auch Mutzeputz ist durchaus gegen dieses Zimmer eingenommen, er hat sich sehr abfällig darüber geäußert. Ja, ich hörte einmal, wie er sagte, sogar die Mäuse wären dort ausgezogen. Ich möchte dir das Nähere nicht erläutern, es ist besser, wir gehen zu deinen Puppen und du machst mich mit ihnen bekannt."

Die kleine Veronika aber zog es seltsam stark in das grüne Zimmer. Vorsichtig öffnete sie die Türe ein wenig weiter und schlüpfte hindurch.

Die Fensterläden waren geschlossen, und man mußte sich erst an das Halbdunkel gewöhnen, das darin war. Vereinzelte Sonnenfäden spannen sich durch die Dämmerung, sie blitzten hier und dort an den blanken, bronzenen Beschlägen und dem grünen Brokat der Möbel auf oder malten helle Flecke auf die verblichenen Farben alter Bilder. Es hingen viele Bilder an den Wänden, die Frauen und Männer in sehr verschiedenen Trachten darstellten, und alle sahen sie Veronika an. Es war ein bißchen ungemütlich hier.

„Wir wollen nun wieder gehen", erinnerte Magister Mützchen und zupfte Veronika am Kleid.

Doch zum Gehen war es zu spät.

„Guten Tag, Veronika", sagte eine Stimme hinter ihr.

Veronika sah sich um. Eine junge, schöne Frau stand vor ihr, aber keine richtige Frau, wie sie sonst welche gesehen. Die Frau war gleichsam aus grauem Rauch gebildet, und als Veronika sie betrachtete, bemerkte sie, daß es die gleiche schöne Frau war, vor deren Bildnis sie stehengeblieben war. Nur war sie ohne alle Farben, die sie auf dem gemalten Bilde an sich hatte.

Veronika war etwas erschrocken, aber eigentlich nicht sehr. Es kam ihr das nicht sonderbarer vor als Magister Mützchen oder die vielen Schwellen und Stufen, die sie sah. Es gab ja überhaupt eine Menge Tanten. Warum sollte es nun nicht einmal auch eine solche geben, die ein bißchen durchsichtig und nebelig war? Sie sah ja auch sehr freundlich aus, und man brauchte gewiß keine Angst zu haben.

„Das ist hübsch von dir, daß du mich besuchen kommst, kleine Veronika", sagte die graue Frau und lächelte. Es war ein schönes, gewinnendes Lächeln, ganz ähnlich, wie das alte Bild im Goldrahmen lächelte. Man vergaß das so leicht nicht wieder.

Veronika fand Gefallen an dieser Tante. Außerdem war sie so spaßhaft angezogen, ganz anders, als zum Beispiel Mama oder Tante Mariechen.

„Bist du es, die mich gezupft hat, so daß ich herkommen mußte?" fragte Veronika.

„Ich war es nicht, aber etwas von mir hat dich herangezogen", sagte die graue Frau, „ich wollte dich gerne näher kennenlernen, wir sind ja Verwandte, kleine Veronika."

„So", meinte Veronika nicht eben höflich und guckte sich die graue Frau genauer an. Es war also doch eine richtige Tante, und es gab verschiedene Tanten, farbige und graue, körperliche und nebelige. Es war nur gut, daß man das wußte.

„Falle nicht, kleine Veronika, es gibt hier so viele Stufen und Schwellen", sagte die graue Frau und setzte sich auf einen alten Stuhl mit hoher Lehne. „Du kannst dir hier alles betrachten, wenn es dir Spaß macht, nur mußt du etwas vorsichtig sein."

„Ich gebe schon acht", meinte Veronika, „Magister Mützchen ist auch dabei und sieht nach mir, es kann mir gar nichts geschehen."

Magister Mützchen lief emsig hin und her und schlenkerte voller Unruhe mit den dünnen Ärmchen.

„Ach, kleine Veronika, immer kann Magister Mützchen dir nicht helfen", sagte die Frau und seufzte.

„Warum sperrst du dich eigentlich hier im grünen Zimmer ein, das ist doch langweilig?" fragte Veronika, „ich habe dich noch nie wo anders gesehen. Spazierst du gar nicht einmal durchs Haus oder in den Garten?"

„Ich bin lange nicht ausgegangen, Veronika."

„Du mußt mehr spazierengehen, es ist nicht gesund, immer in dem dumpfigen Zimmer zu sitzen", sagte Veronika und kam sich sehr klug dabei vor, die neblige Tante zu beraten.

„Ich kann wohl fortgehen, Veronika, aber ich muß immer wiederkommen. Ich muß über diese eine Schwelle gelangen, siehst du, und ich kann es nicht. Nein, ich kann es nicht!"

Die graue Frau im Sessel sank in sich zusammen, und ihr

Gesicht hatte einen so gequälten Ausdruck angenommen, daß es Veronika ehrlich leid tat.

„Ich kann gerade an dieser Schwelle, auf die du zeigst, nichts Besonderes finden. Die ist gar nicht so hoch und eklig, als du es dir denkst. Paß einmal auf, wie ich über sie hinüberspringe!"

„Tu das nicht, Veronika", rief Magister Mützchen, „über diese Schwelle sollst du jetzt nicht mehr gehen, sonst gleitest du wieder in den Garten der Geister und zur silbernen Brücke. Du bist ja eben erst daher gekommen, und es wäre zu früh, schon heute zurückzukehren. Du mußt nun geduldig sein und eine ganze Weile im Haus der Schatten bleiben. Es sind viele andere Stufen und Schwellen da, über die du künftig gehen mußt."

Veronika trat gehorsam von der Schwelle zurück.

„Soll denn die graue Tante da hinüber?"

„Sie sollte es wohl, aber sie kann es nicht", sagte Magister Mützchen leise, „bei ihr ist es etwas anderes, sie ist schon allzulange im Haus der Schatten gewesen."

Veronika überlief es seltsam. Das grüne Zimmer kam ihr kälter und dunkler vor als alle anderen.

„Ich möchte nicht so allein hier sein wie du", sagte sie. Die graue Frau schüttelte den Kopf.

„Ich bin nicht einsam, Veronika", sagte sie, „es sind noch viele andere da – schau her."

Ein fahles, blaues Licht kroch langsam an den Wänden entlang, es füllte den ganzen Raum, und nun sah Veronika, daß die graue Frau nicht mehr allein war. Auf allen Stühlen saßen Gestalten in altmodischen Trachten, die zu der Kleidung der grauen Frau paßten. Sie redeten aber nicht und bewegten sich seltsam lautlos, wie Puppen. Manche von ihnen hatten eine große Ähnlichkeit mit den Bildern an der Wand, und ein schlanker junger Herr mit Dreispitz und Degen erinnerte

Veronika ein wenig an Onkel Johannes. Aber er war doch anders. Wie sollte auch Onkel Johannes hier unter alle die fremden Leute kommen? Er saß wohl eben in seinem Gartenhause und las. Im übrigen war er es ja überhaupt nicht – doch Veronika mußte sehr stark an ihn denken.

Die vielen Gestalten, die nun auf den Stühlen saßen, erschienen Veronika aber nicht so wirklich wie die graue Frau. Gewiß, auch die graue Tante war so ein bißchen nebelig und anders, als man es sonst ist. Doch sie war da, und man konnte sich immerhin mit ihr unterhalten. Die anderen dagegen glichen luftigen Bildern, und sie sahen aus, als seien sie mit verwaschenen, blassen Strichen in den leeren Raum gemalt. Die graue Frau neigte sich jedoch bald zu dieser, bald zu jener Erscheinung und tat, als wenn sie mit jeder etwas zu sprechen habe. Sie war vollkommen damit beschäftigt und sah nicht mehr zu Veronika hin.

Mit einem Male fühlte Veronika eine eisige Kälte. Ein Grauen packte sie, sie lief zur Tür hinaus und schlug sie hinter sich zu.

Neben ihr stand Magister Mützchen.

„Siehst du", meinte er mißbilligend, „das ist keine Gesellschaft für dich, Veronika."

„Ich dachte es nicht, daß solche Leute hier wohnen", sagte Veronika, „sind die denn auch richtig lebendig? Mir kam es gar nicht so vor."

„Nur die graue Frau ist lebendig", sagte Magister Mützchen, „die anderen sind eigentlich gar nicht da, mußt du wissen – es sind bloß ihre Gedanken, die sie immer wieder um sich herum spinnt. Sie sitzt schon lange darin und kann nicht über die Schwelle gehen. Mutzeputz und ich, wir nennen es nur das Bilderbuch der grauen Frau, aber wir sehen es beide nicht gerne."

„Das ist kein schönes Bilderbuch", meinte Veronika, „ich

verstehe nicht, warum die graue Tante sich das so gerne besieht. Kann man ihr nicht ein anderes Bilderbuch geben?"

„Ja, siehst du, Veronika", sagte Magister Mützchen, „in dem Bilderbuch sind die Gestalten, mit denen die graue Frau einmal hier im Hause gelebt hat, auf dieser Erde, verstehst du, so wie du jetzt auf dieser Erde bist. Nun sind sie alle gestorben, wie man das so nennt, und die anderen sind längst über die Schwelle gegangen. Nur sie hat es nicht gekonnt, und nun wohnt sie zwischen zwei Welten mit ihrem Bilderbuch. Es ist eine alte Geschichte, ich darf sie dir noch nicht erzählen, Veronika."

„Ich mag sie auch nicht hören, ich finde dies Bilderbuch schrecklich, ich habe Angst davor und will es nicht wieder sehen."

„Du mußt nicht ins grüne Zimmer gehen", sagte Magister Mützchen, „du weißt es ja, daß Mutzeputz und ich nicht dafür waren. Das Bilderbuch ist nur im grünen Zimmer, wahrscheinlich sind deswegen auch die Mäuse ausgezogen. Sie waren wohl auch der Meinung, daß es nichts für ihre Kinder sei. Die graue Frau wandert hier natürlich auch sonst umher, aber das tut nichts. Vor ihr brauchst du keine Angst zu haben, sie wird immer sehr freundlich zu dir sein. Nun wollen wir zu deinen Puppen gehen, sie haben sich gewiß schon einsam gefühlt."

„Mutzeputz wird sich um sie gekümmert haben", meinte Veronika vertrauensvoll, „er sieht ja überall nach, ob alles in Ordnung ist."

„Ja, auf Mutzeputz kann man sich verlassen", sagte Magister Mützchen.

Mutzeputz rechtfertigte diese hohe Meinung. Er saß mitten unter den Puppen, als Veronika und Magister Mützchen ins Kinderzimmer traten.

„Es ist gut, daß ihr endlich kommt", meinte Mutzeputz, „Peter und Zottel warten schon lange auf euch."

„Ich danke dir, daß du auf meine Puppen aufgepaßt hast", sagte Veronika.

Dann reichte sie Peter die Hand.

„Guten Tag, Peter", sagte sie.

Peter war älter als Veronika und hätte eigentlich zur Schule gehen müssen. Aber er konnte das nicht. Er war blöde und begriff unendlich schwer. So half er mitunter seinem Vater im Garten, so gut es ging, und spielte viel mit Veronika. Auch mühte sich Onkel Johannes sehr um ihn und versuchte, ihn einiges zu lehren.

Jetzt kam Zottel herbei und gab die Pfote. Zottel war Peters Hund, ein Geschöpf mit vielen langen Haaren, die ihm auch über das Gesicht hingen, so daß man meistens nur ein Auge sah. Veronika kämmte und bürstete ihn und machte ihm gern einen Scheitel. Zottel und Mutzeputz kannten und schätzten sich. Kluge und weitblickende Leute sind über Rassenfeindschaft erhaben. Dafür waren Mutzeputz und Zottel ein schönes Beispiel.

„Dies ist Magister Mützchen", erklärte Veronika.

Zottel schaute mit einem Auge auf Magister Mützchen und wedelte mit dem Schwanz. Die Tiere sehen ja meist etwas von den anderen Welten. Aber Peter entdeckte nichts von Magister Mützchen und konnte Veronika nicht verstehen. Er war eben schon älter und hatte die inneren Augen nicht mehr, die Veronika noch besaß. Vielleicht hatte er sie auch niemals gehabt. Er war ja in vielem so schwerfällig.

„Kannst du Magister Mützchen nicht sehen?" fragte Veronika.

Peter schüttelte stumm den Kopf, und in seine Augen trat der hilflose Ausdruck, den er stets hatte, wenn er etwas nicht verstand. Seine Hand faßte zärtlich in Zottels Fell. Die große Liebe und Ergebenheit des Hundes war für den Blöden irgendwie ein Halt.

Veronika war es gewöhnt, daß Peter vieles nicht sah, von dem sie redete. Sie schilderte dann geduldig Einzelheiten.

„Magister Mützchen ist klein und nett, ich habe mich lange mit ihm unterhalten. Er ist so klein, siehst du" – sie zeigte Mützchens Größe –, „er hat einen roten Hut und ganz dünne Arme und Beine. Er ist überhaupt reizend!"

Peter glaubte es. Peter glaubte alles, was Veronika sagte.

„Weißt du, Peter", fuhr Veronika eifrig fort, um den Spielgefährten an allem teilnehmen zu lassen, „Magister Mützchen hat mir viele Schwellen und Stufen gezeigt, die hier im Hause sind. Man kann darüber fallen, wenn man nicht hinguckt. Du mußt sehr aufpassen, Peter, und dich in acht nehmen."

Peter versprach es.

„Magister Mützchen war mit mir zusammen im grünen Zimmer, wo wir noch nie dringewesen sind. Es ist eine graue Tante da, die nett ist. Aber sie hat ein ekliges Bilderbuch, ich möchte es nicht noch einmal sehen. Ich würde es dir sonst zeigen, aber du hast wirklich nichts davon."

„Wohnt die graue Tante immer hier?" fragte Peter.

Jede neue Person war für ihn in gewisser Hinsicht eine Schwierigkeit, bis er mit ihr vertraut geworden war. Das alles ging sehr langsam bei ihm vonstatten.

„Ja, sie wohnt hier", sagte Veronika, „ich hatte sie auch noch nicht gesehen. Sie kommt auch nicht zu Tisch. Vielleicht ißt sie gar nichts. Sie sieht so nebelig aus und ist überhaupt ein bißchen komisch. Ich kann dir das nicht so genau sagen."

Peter sah hilflos aus. Die Sache war ihm nicht klar.

„Ich glaube es", sagte er.

„Mir scheint, Magister Mützchen ißt auch nichts", meinte Veronika, „darum hat er so dünne Beine. Es sieht aber hübsch aus. Schade, daß du es nicht sehen kannst. Ob ich auch so dünne Beine bekäme, wenn ich nichts mehr essen würde?"

Peter wußte das nicht. Es war dies ein ganz neues Problem für ihn.

„Wir wollen jetzt mit den Puppen spielen", rief Veronika, „wir sitzen alle um den Tisch herum, und Mutzeputz und Zottel müssen auch dabei sein."

„Ich bedanke mich", sagte Mutzeputz, „ich will jetzt Ruhe haben und mich auf das Sofa zurückziehen. Ich habe die ganze Zeit deine Puppen beaufsichtigt."

„Das ist wahr", meinte Veronika, „ich kann mir denken, daß es dich angegriffen hat."

Es war dies so, daß Peter nicht mehr deutlich begriff, was Mutzeputz sagte. Veronika aber verstand es noch gut, Gedanken zu hören und in Gedanken zu reden. Das war ihr noch übriggeblieben aus dem Garten der Geister.

Peter und Zottel erklärten sich bereit, alles mitzumachen, was Veronika vorschlug. Magister Mützchen stand dabei und schnitt ungeheuerliche Gesichter. Veronika sah ihm hingerissen zu.

„Es ist doch zu schade, Peter", sagte sie, „daß du nicht sehen kannst, was für herrliche Fratzen Magister Mützchen machen kann. Es ist einfach wundervoll. Ich kenne keinen, der das so gut versteht. Aber wir sollten einmal Rechnen spielen. Magister Mützchen kann uns die Aufgaben geben, und wir wollen sehen, wer sie zuerst herauskriegt. Zum Beispiel, wenn man zwei von vier wegnimmt . . ."

Rechnen war für Peter ein Greuel.

„Ich finde das sehr schwer", sagte er.

„Hat es dir Onkel Johannes nicht angezeigt?" fragte Veronika. „Onkel Johannes kann das fein. Er macht es mit Nüssen, weißt du. Die Nüsse kann man dann essen."

„Bei mir macht er es auch mit Nüssen", sagte Peter, „Onkel Johannes ist sehr geduldig mit mir, und er erklärt mir das immer wieder. Er meint auch, daß es mir schließlich gut glücken wird. Aber ich spiele viel lieber etwas anderes."

„Wir könnten ein Bilderbuch besehen", schlug Veronika vor, „das ist hübsch, und für dich und Zottel ist es vielleicht bequemer, als wenn wir rechnen. Mutzeputz ist ja angegriffen, aber Magister Mützchen wird sich gewiß gerne die Bilder angucken."

Peter nickte zufrieden. Er war mit allem einverstanden, wenn man ihm nur keine schwierigen Fragen stellte. Magister Mützchen war offenbar auch bereit, denn er hüpfte mit einem Satz auf das Bilderbuch, so daß Veronika lachte.

Dann fiel ihr wieder das grüne Zimmer ein.

„Glaubst du, daß die graue Tante sich immer noch ihr Bilderbuch besieht?" fragte sie neugierig.

„An dieses Bilderbuch wollen wir jetzt nicht mehr denken, Veronika", sagte Magister Mützchen.

*

Das Bilderbuch der grauen Frau war aber nicht mehr im grünen Zimmer lebendig. Die Gedanken der grauen Frau waren müde geworden, und sie belebten die Reste alter, vergangener Geschehnisse nicht mehr. So war ihr Bilderbuch zerfallen, und die aufgelösten Gestalten hatten sich zu den vielen anderen Resten verkrochen, die in allen Winkeln im Hause der Schatten hingen. Man sollte sie niemals rufen, aber die graue Frau weckt sie immer wieder, wenn ihre Seele sich sehnte und suchte. Es wohnen ja so manche Tote in den Häusern der Schatten und finden den Weg nicht über die Schwelle. Sie leben in ihrem Bilderbuch, und es dauert oft lange Zeit, bis sie das begreifen.

Die graue Frau saß zusammengesunken im Sessel, und ihre

feinen, blassen Hände spielten ruhelos mit kostbaren alten Ringen, die auch nichts waren als ein Schein ihrer selbst.

Vor ihr stand Johannes Wanderer. „Bist du wieder gekommen, Johannes?" fragte die graue Frau.

„Ja, ich bin gekommen, um dir zu helfen. Ich will es wenigstens versuchen. Glaubst du es nicht, Helga, daß du über die Schwelle gehen könntest? Du bist schon viel zu lange im Haus der Schatten gewesen, und so wie du lebst, bist du nicht hier und nicht dort daheim."

„Ich ahne das manches Mal, nur ist das alles nicht deutlich genug für mich", sagte die graue Frau. „Ich kann nichts dabei tun, und auch du kannst mir nicht helfen. Du weißt es ja nicht, was hier alles geschehen ist, oder du weißt es doch nicht so, wie ich es weiß. Ich habe das gelebt und ich muß es weiterleben. Was sollte sonst aus mir werden?"

„Das war einmal, Helga, aber es ist nicht mehr wirklich. Versuche doch, es zu begreifen, daß du mit Bildern lebst und nicht mit Menschen. Es sind die Reste im Haus der Schatten, in die du dich eingesponnen hast."

„Wie willst du wissen, ob es war oder ob es noch ist? Ich habe noch eben erst mit allen gesprochen, die um mich herum saßen. Ich kann mich auch nicht auf etwas anderes besinnen seit der Stunde, als ich hier im grünen Zimmer das Gift nahm. Ich weiß, daß ich einschlief, und als ich erwachte, war alles so, wie es heute noch ist."

„Das scheint dir so, Helga, weil du nicht über die Schwelle gehen konntest."

„Saß nicht Heinrich vor wenigen Augenblicken dort, wo du jetzt stehst? Griff seine Hand nicht nach dem Degen wie damals, als er mit seinem Vetter in Streit geriet?" fragte die graue Frau.

„Heinrich ist schon lange gestorben, Helga", sagte Johannes Wanderer leise.

„Das erzählte man mir, aber wie ist das möglich? Er saß ja vor mir – oder steht er nicht noch vor mir?"

Die schönen Augen der grauen Frau schauten weit und ratlos auf Johannes Wanderer.

„Sage mir, bist du Heinrich oder bist du Johannes? Ich weiß es nie, wenn ich dich ansehe. Du bist Heinrich und bist es doch nicht."

„Ich war Heinrich und bin Johannes. Keiner von beiden bin ich ganz. Es sind nur Wandlungen von uns selbst, Helga, die auf die Wanderschaft gehen."

„Ich kann das schwer verstehen, aber ich rede zu dir, wie ich zu Heinrich geredet habe. Mir ist es, als könnte ich gar nicht anders. Du sprachst von der Wanderschaft – heißest du darum Johannes Wanderer?"

„Es ist dies wohl nur ein Spiel der Dinge, Helga, aber ein wenig hängt ja ein jedes Spiel mit den Dingen zusammen. Wir heißen eigentlich alle so, denn wir alle wandern von einem Leben zum andern, und wir bauen an uns und am Gebäude der Welt. Die Toten und die Lebenden sind doch nur Formen des einen großen Daseins. Aber du bist auf der Wanderung stehengeblieben. Das soll man nicht tun, Helga. Du wirst mich gut verstehen, wenn du erst über die Schwelle gegangen bist."

„Das ist schwer zu begreifen, Johannes."

„Es ist ganz einfach. Es scheint nur schwierig, wenn wir uns verirren, und du hast dich verirrt im Hause der Schatten."

„Ist es denn wahr, daß Heinrich gestorben ist? Es kann ja gar nicht wahr sein", beharrte die graue Frau, „es war gewiß töricht von mir, es damals zu glauben. Ach, es hat keinen Zweck, daß ich dich frage. Du bist ja Johannes Wanderer, was kannst du davon wissen?"

„Ich weiß es noch gut, Helga. Sieh einmal, es war so, daß Heinrich und der andere dich beide liebten, und so gerieten sie in Streit. Du aber wußtest es selbst nicht, wen du mehr liebtest. Das war hier im grünen Zimmer, nicht wahr?"

„Ja, es war hier", sagte die graue Frau verloren, „hier an diesem Tisch war es. Heinrich stand da, wo du jetzt stehst. Ich habe es erst nachher gewußt, daß ich Heinrich mehr liebte. Aber ich war jung und dumm und eitel, und die Liebe des anderen schmeichelte mir. Am anderen Morgen haben sie sich geschlagen, draußen auf der Heide, wo die drei Birken stehn. Der andere fiel, und es war Blut an Heinrichs Degen. Ich konnte darüber nicht hinweg und habe viele Nächte wach gelegen und gegrübelt. Durfte ich ihn noch lieben oder nicht? Es war ein Toter zwischen uns. Das alles war schrecklich und verworren. Heinrich mußte darum außer Landes fliehen, es war sehr traurig, aber es war wohl besser für ihn."

„Er ging nach Paris", sagte Johannes Wanderer, „er hat dich später nicht mehr geliebt, Helga, nicht so, wie du denkst. Er sah es ein, daß es nur eine Leidenschaft war, ein Umweg von den vielen, die wir machen – wie hätte es auch sonst in Blut enden können? Die Liebe endet nicht so. Er liebte ein anderes Mädchen, er begriff, daß diese seine Schwesterseele war ..."

„Wie hieß sie?" fragte die graue Frau erregt.

„Ist das nicht gleichgültig, Helga? Was ist ein Name? Vergänglich wie alles andere. Nur der eine Name bleibt uns, der von Leben zu Leben geht. Damals hieß sie Madeleine de Michaille. Es ist belanglos, ich sage dir das alles nur, damit du Heinrich vergessen lernst."

„War sie schön, und war er glücklich mit ihr?"

„Ich glaube wohl, daß sie schön war. Aber die kleine Michaille ist längst gestorben, Helga. Er war glücklich mit ihr und hat sie sehr geliebt, sie und das Leben, das so lustig war in Paris. Aber an seinem Leben war Blut, und du weißt es ja, warum. Ach, wir sind alle töricht gewesen, Helga, auch du. Er hat es gesühnt. Als die roten Horden durch die Straßen von

Paris zogen, starb er auf dem Schafott, und sie mit ihm. Der Tod hat sie getraut."

Ein Schauer überlief die graue Frau, und ihre Gestalt sank seltsam in sich zusammen.

„Das war das letzte, was ich über ihn hörte", sagte sie, „und dann schlief ich hier ein und wachte so verworren wieder auf. Ich kann mich seitdem nicht mehr genau besinnen. Aber sie kommen ja alle jeden Tag zu mir, und wir sprechen darüber, wie es einmal war. Nur von dem, was du aus Paris erzählst, weiß Heinrich mir nichts zu sagen."

„Weil du mit seinem Bildnis redest, nicht mit ihm", sagte Johannes Wanderer, „du mußt versuchen, es zu verstehen, Helga. Es hängt so viel davon für dich ab, daß du es endlich begreifst."

„Ich will mich bemühen", sagte die graue Frau, „aber wo ist Heinrich, wenn ich nur mit seinem Bildnis spreche?"

„Er ist auf der Wanderschaft. Er ist über die Schwelle gegangen in eine andere Welt und ist über die Schwelle wieder zurückgekommen zu einer neuen Wanderung. Wir wandern alle und suchen, um zu finden. Nur du bist stehengeblieben, Helga, und hast dich verirrt."

„Wenn du auch wanderst und suchst, was hast du gefunden, Johannes?"

„Ich habe manches gefunden, aber man muß sich bescheiden, es bleibt noch vieles übrig, was zu suchen und zu finden ist. Nur wandern muß man und nicht stehenbleiben."

Die graue Frau stützte den Kopf in die schmalen, langen Hände.

„Du bist doch nicht Heinrich", sagte sie, „er sprach nicht so, wie du jetzt sprichst. Ich habe viel Vertrauen zu dir, Johannes, aber lieben könnte ich dich nicht, wie ich Heinrich geliebt habe."

„Das ist wohl richtig so, Helga. Zwischen Heinrich und

Johannes liegt ein weiter Weg. Man soll ihn nicht noch einmal zurückgehen."

„Ob du Heinrich oder Johannes bist — du lebst jetzt auf dieser Erde, und ich, sagst du, zwischen den Welten. Ich glaube das wohl, denn die anderen sehen und hören mich nicht. Wie kommt es, daß du mich hören und sehen kannst, Johannes — du und die kleine Veronika, die heute hier war?"

„Veronika ist noch nicht solange über die Schwelle zurückgekommen, Helga, und sie hat noch die inneren Augen, die hinter die greifbaren Dinge sehn. Ich aber habe auf meiner Wanderung gelernt, die Augen wieder zu erwecken."

„Ist das sehr schwer, Johannes?"

„Ja, es ist sehr schwer. Nur wenige wollen es lernen, denn es werden große Opfer von einem verlangt. Aber wenn man es gelernt hat, ist man über manche Stufe gegangen und kann Menschen und Tieren helfen. Es ist dies eine schöne Aufgabe, und sie ist mehr wert als das, was die Menschen Glück nennen. Ich will ja auch dir helfen, Helga, du mußt es nur selber wollen."

„Ich will es gewiß", sagte die graue Frau, „ich sehne mich sehr nach Hilfe, lange schon. Aber es müßte schon ein Wunder geschehen, daß ich über die Schwelle gehen könnte, Johannes. Sie scheint mir sehr groß und sehr hoch zu sein."

„Es geschehen jeden Tag Wunder", sagte Johannes Wanderer.

„Vielleicht", meinte die graue Frau, „aber siehst du, als wir hier zusammen lebten — ach, ich weiß ja nicht, ob du es warst oder nicht —, wir glaubten nicht an Wunder, Johannes. Wir haben viel darüber gespottet. Wir lachten auch über die Kirche. Jetzt, wo ich zwischen den Welten lebe, bin ich oft in die Kirche zu Halmar gegangen, wo ich als junges Mädchen saß. Er waren auch andere dort, die so wie ich sind und die nicht über die Schwelle gehen können. Aber wir haben kein Wunder erlebt.

Der, welcher jetzt in der Kirche zu Halmar redet, weiß nicht, was Tod und Leben ist, er kann uns nicht über die Schwelle helfen. Wir sind alle wieder traurig davongegangen, ich in das Haus der Schatten und die anderen in die alten Winkel und Gassen von Halmar, in denen sie irren und warten. Es ist kein Wunder geschehen, Johannes. Es ist dunkel in der Kirche zu Halmar, nicht hell. Wie gerne würden wir wieder hinkommen, wenn es hell würde. Aber wie sollen wir das wissen?"

„Ihr werdet es schon erfahren, wenn es hell darin wird", sagte Johannes, „die Toten erfahren vieles und wissen von dem, was die Lebenden noch nicht sehen. Es ist auch wahr, daß in der Kirche zu Halmar kein Wunder mehr ist. Aber ihr müßt Geduld haben, Helga, du und die anderen. Wir alle müssen viel Geduld haben. Ein jeder, der Priester sein will, muß wohl erst selbst ein Wunder in sich erleben, ehe er Gottesdienst halten kann. Warte, bis der Pfarrer von Halmar ein Priester wird. Das Wunder ist noch zu jedem gekommen, der darauf wartete und es rief. Rufe es jede Stunde."

Die graue Frau lächelte friedvoll.

„Ich will es versuchen", sagte sie.

In das Dunkel des grünen Zimmers wob sich ein schwacher goldener Schein, und leise schloß Johannes Wanderer die Tür hinter sich zu.

*

Beim Abendessen war Veronika still und in sich gekehrt. Der Tag hatte sie müde gemacht, und sie hörte kaum, was ihre Mutter, Tante Mariechen und Onkel Johannes sich erzählten. Die drei waren Geschwister. Tante Mariechen war unverheiratet geblieben, sie war die Älteste und lebte der leiblichen Fürsorge aller, so ausschließlich, daß sie innerlich und äußerlich ein Bild dieser Tätigkeit war. Fast alle nannten sie Tante Mariechen, auch die, deren Tante sie gar nicht war.

Als Veronika ihre Milch ausgetrunken hatte, sagte sie unvermittelt, halb zu sich selbst: „Im grünen Zimmer wohnt eine graue Tante."

„Was du dir wieder ausgedacht hast, Veronika!" meinte Veronikas Mutter.

„Die graue Frau gibt es", sagte Karoline, die gerade die Teller abräumte. Sie sagte es eigentlich nicht, sondern sie schrie es. Karoline schrie alles, was sie sagen wollte.

„Wie können Sie solchen Unsinn behaupten!" schalt Tante Mariechen, „und noch dazu vor dem Kinde."

„Wenn es sie aber doch gibt!" schrie Karoline und verschwand böse mit dem Geschirr.

„Du brauchst vor der grauen Frau keine Angst zu haben, Veronika", meinte Onkel Johannes.

„Das sagt Magister Mützchen auch, und Angst habe ich keine", sagte Veronika.

„Was ist das nun wieder? Wo das Kind bloß die sonderbaren Namen her hat?" meinte Veronikas Mutter. „Veronika, du kannst noch ein wenig auf die Veranda gehen, wenn du fertig bist."

„Ja, Mama."

„Johannes", sagte Veronikas Mutter, als das Kind hinausgegangen war, „rede doch Veronika das aus, statt ihr nur zu sagen, daß sie keine Angst haben soll. Sonst denkt sie am Ende, daß die graue Frau wirklich vorhanden ist. Es ist ja nichts weiter als Gerede, weil im grünen Zimmer die traurige Geschichte mit der schönen Helga geschehen ist. Ihr Geliebter tötete einen Nebenbuhler im Duell, und es heißt, daß sie Gift genommen hat. Das sind alte Geschichten, und schon, als wir Kinder waren, hieß es, es gehe im grünen Zimmer um und eine graue Frau wohne darin. Die Kinder hören es von den Dienstboten, aber man soll das nicht dulden."

„Liebe Regine", sagte Johannes ruhig, „man soll einem

Kinde nicht die Unwahrheit sagen. Das nützt doch nichts. Es ist besser, du sagst Veronika, daß sie sich nicht zu fürchten braucht."

„Glaubst du denn wirklich, daß eine graue Frau da ist?" fragte Tante Mariechen entsetzt.

„Gewiß", meinte Johannes, „ich glaube das zu wissen."

„Ich weiß, du hast deine eigenen Ansichten über vieles", sagte Regine, „ich kann dir darin nicht immer folgen. Vielleicht gibt es mehr, als wir annehmen. Aber woher soll es Veronika wissen? Karoline wird es ihr gesagt haben."

„Wahrscheinlich hat Veronika die graue Frau gesehen, Regine. Kinder sehen oft mehr als Erwachsene. Man muß das berücksichtigen."

„Wir haben doch nichts davon gesehen, als wir Kinder waren", wandte Regine ein.

„Oder wir haben es vergessen", meinte Johannes, „wir haben so vieles vergessen, Regine."

„Wir haben uns gegrault, weil wir dumm waren", sagte Tante Mariechen.

Johannes Wanderer amüsierte sich.

„Wer weiß, ob wir heute so viel klüger sind", meinte er.

„Ich bestimmt", sagte Tante Mariechen und ärgerte sich.

„Aber Johannes, du denkst doch nicht wirklich, daß Veronika ..." – Frau Regine schwieg ratlos und unsicher. Sie war einer von den Menschen, die nie ganz zum eigenen bewußten Ich erwacht sind und nicht wissen, wohin sie steuern sollen.

„Das ist alles Unsinn", sagte Tante Mariechen klar und kraftvoll, „du hast kuriose Ideen, Johannes, seit du von deinen weiten Reisen zurückgekommen bist. Du mußt einfach mehr essen, Johannes, dann werden dir keine solchen Gedanken mehr kommen. Du bist unterernährt, und die graue Frau und solch ein Zeug gibt es überhaupt nicht!"

Als Tante Mariechen das sagte, stand die graue Frau gerade neben ihr.

*

Veronika hatte sich auf die Treppenstufen der Veranda gesetzt und sah in den Garten hinaus. Doch er schien ihr fremder geworden. Gewiß war es ein schöner Garten – aber war er nicht gestern noch anders gewesen?

Veronika war traurig – sie wußte selbst nicht warum.

Es war die Dämmerung, die gekommen war. Der Garten der Geister war versunken, ein Schleier war gefallen zwischen ihn und die kleine Veronika. Aber das Haus der Schatten lebte um sie und sah sie aus hundert dunklen Augen an.

3 ARON MENDELS BÜRDE

Die einsame nordische Landschaft war einst noch viel einsamer, als sie heute ist. Nur selten durchschnitt ein Schienenstrang ihre Moore und Heiden, auf denen Krüppeltannen und kleine Birken kümmerlich wachsen, und keine heulenden Kraftwagen fegten den Staub der endlos langen Landstraßen auf oder störten die feiernde Stille der Waldwege, in deren grünem Gehege die Sonnenflecken spielen. Wie schön war dieses Land, weil es menschenarm war, weil es, noch ferne vom Lärm einer wirr gewordenen Zeit, im Ruf der Tiere und im Atem der Pflanzen den unberührten Traum seines Daseins träumte! Die Stimmen, die hier redeten, waren der Natur verschwistert, die leise rauschenden Baumkronen mit dem glasklaren Himmel darüber sangen ihr immer gleiches Lied, und die einfachen, bunten Blumen des Nordens bestickten den grünen Moosteppich zu einem Wunder der Wildnis. Die Straßen aber, auf denen das menschliche Leben durch diese Wälder und Heiden zog, waren wenig begangen, und man konnte lange wandern, ohne jemandem zu begegnen.

Um jene Zeit war es, daß auf den einsamen Straßen seltsame Gestalten pilgerten, ruhelos, von Hof zu Hof, von einer kleinen Stadt zur anderen. Es waren alte Juden mit einem schweren Bündel auf dem Rücken. Unermüdlich traten ihre emsigen Füße den Staub der Straße, und demütig und ergeben krümmten sich ihre Schultern unter einer viel zu schweren Last. Sie wanderten, wie Ahasver wandert, und der Wind fuhr ihnen durch die ärmliche Kleidung und in ihr graues, flatterndes Haar. Ich sehe sie noch heute vor mir, wie ich sie als Kind gesehen. Noch heute empfinde ich etwas von der seligen Erwartung, wenn sie ihr schweres Bündel vom Rücken nahmen und die Herrlichkeit ihrer Waren zeigten. Es war ein ganzer Kasten, den sie mit sich schleppten, aus Holz gearbeitet, und in einem starken Leinensack mit Traggurten verborgen. Eine Schublade nach der anderen zogen sie empfehlend auf und blendeten die staunenden Augen durch eine Fülle unsagbar verlockender Dinge. Welche Schätze bargen diese wandelnden Kommoden! Kämme und Bürsten mit Verzierungen, Seidenbänder in allen Farben und nie erahnten Tönungen, Taschenmesser in überwältigender Auswahl, bedruckte Tücher mit unwahrscheinlichen Blumenmustern, grasgrüne Bonbons und Schokoladenrollen, die in buntes Glanzpapier gehüllt waren. Nie wieder sah man eine Umhüllung von so geheimnisvoller Leuchtkraft. Nie wieder fühlte man so die Seligkeit des Einkaufs und auch die Beschränktheit des Besitzes – wie mußte man rechnen und überlegen, um sich für ein durchaus begrenztes Taschengeld eine dieser Herrlichkeiten für immer zu sichern! Wie furchtbar schwer wurde hier jede Wahl, und wie wurde sie oft noch bis zur Unlösbarkeit der Probleme verwickelt durch den Redeschwall dieser wandelnden Warenhäuser: Nie wieder wird eine solche Gelegenheit sich bieten, solche Kämme, solche Bürsten sind nur noch dieses Jahr zu haben, nein, nur heute, nachher im ganzen Leben nicht mehr. Man mache sich klar, was das bedeutet! Diese Taschenmesser sind so scharf geschliffen, daß sie ein Haar schneiden, das darauf fällt! Man sah sich schon mit blutenden und zerschnittenen Fingern. Diese bedruckten Tücher, diese Seidenbänder werden überhaupt nicht mehr geliefert. Die Welt muß darauf verzichten, sie stellen sich zu teuer. Es ist also das letzte Mal, daß ein menschliches Auge diese Muster sieht. Nie wieder wird es diese Schokolade geben, es ist eigentlich Wahnsinn, sie zu verkaufen – und alles das zu Preisen, die beinahe als eine milde Unterstützung des Käufers zu betrachten sind! Und nun wird die letzte Schublade langsam aufgezogen, wie ein Vorhang vor einem Theaterbild: Schmuck und Kostbarkeiten, Korallennadeln und Ringe, in denen geschliffene Steine aus Glas in der Sonne blitzen! Eine unerhörte Pracht – und nicht nur der Billigkeit wegen aus Glas, o nein, vor allem darum, weil Glas bekanntlich alle Edelsteine übertrifft an Licht und Farben. So etwas kann man mit sogenannten gewöhnlichen Edelsteinen überhaupt nicht erzielen. Es würde sich lächerlich dagegen ausnehmen! Nicht wahr? Ein jeder muß das einsehen, der nur ein wenig davon versteht.

Ich weiß es noch wie heute, wie groß die Kinderseligkeit solch eines Einkaufs war. Noch besser und noch tiefer aber weiß ich es, wie sie zu Ende ging. Ich sehe es noch vor mir, wie der alte Jude Schublade um Schublade schloß, wie er den groben Leinensack über den Kasten zog und ihn mit einer einzigen ruckhaften Bewegung auf die Schultern lud. Da packte mich mit einem Male der Gedanke: dieser Kasten ist viel zu schwer für den alten Mann, und er schleppt ihn Tag für Tag und Stunde um Stunde, in Regen, Schnee und Sonnenbrand über die endlose Landstraße. Was hat er von seinen Herrlichkeiten? Für ihn selbst sind sie nicht da, er muß sie schleppen und muß sie fortgeben. Er muß noch froh sein, wenn er sie fortgeben kann, damit er sein Brot zu essen hat, das er vielleicht am Grabenrand verzehrt oder in einem schmutzigen Heidekrug, wo er in einer Ecke sitzt und die Leute über ihn lachen und ihn verspotten.

Langsam, mit dem gleichmäßigen Schritt ergebener Übung verschwand der alte Jude auf der Landstraße, und ich sah ihm nach, wie er den Kasten weiterschleppte, wie die Traggurte in die Schultern einschnitten und die Bürde ihm den Rücken krumm bog. Ein grenzenloses Mitleid mit dem alten Manne überkam mich, und der teuer erkaufte Plunder brannte mir in der Hand wie ein unrechtes Gut. In meiner Seele, die bisher alles kindlich unbefangen nahm, formte sich die Frage: willst du so wandern, willst du, daß dein Vater, dein Bruder an Stelle dieses alten Juden wäre und diese viel zu schwere Last auf seinen müden Füßen durch die Straßen der Fremde schleppen müßte? Zum ersten Male begriff ich etwas vom Fluch der Menschheit und von der Qual, mit der sie ihre Bürde fremd und einsam durch verdunkeltes Dasein trägt.

Und eine ferne Ahnung redete in mir von vielen schweren Bürden, die man sehen, und von den Bürden, die man selbst einmal durchs Leben tragen würde, gegen die man sich auflehnt und die einen wund drücken, bis man sie immer stiller und ergebener schleppt, mit dem Ziel vor Augen, sie am Ende der Wanderung an einem letzten Feierabend in die Ecke zu stellen, um sie nicht mehr auf die Schultern zu nehmen. Das menschliche Dasein hatte seine Tore für einen Augenblick aufgetan, und ich hatte sein Sinnbild erkannt in dem armen alten Juden auf der staubigen Landstraße, mit seiner viel zu schweren Bürde.

Das war damals, und es ist viele Jahre her. Heute ist auch über die einsame nordische Landschaft eine andere Zeit gekommen, und die alten Juden wandern nicht mehr von Hof zu Hof. Das Leben hat sich geändert, und es hat neue Formen der Freude und noch weit mehr neue Formen der Mühseligkeit gefunden. Als aber die kleine Veronika im Haus der Schatten wohnte, war das nordische Land noch stiller, und hin und wieder sah man noch den wandernden Juden mit seinem schweren Bündel auf dem Rücken, wie ein Überbleibsel aus vergangenen Tagen, das stehengeblieben ist.

Solch ein Überbleibsel war Aron Mendel.

Er war dürr und sehr groß. Man bemerkte es nur nicht, wie groß er eigentlich war, und daß er die meisten Menschen um Haupteslänge überragte, wenn er sich aufrichtete. Man sah das nicht, weil er gebeugt war unter seiner Last und weil er sie so viele Jahre mit sich herumgeschleppt hatte, daß seine Schultern krumm geworden waren. Haare und Bart waren weiß und hingen wirr und ungeordnet herab, zerzaust vom Winde, und sein Gesicht machte den Eindruck, als habe sich das Wetter in all seiner Vielfältigkeit von Frühling, Sommer, Herbst und Winter in zahllosen Zeichen darin eingegraben. Seine Augen aber schauten seltsam weit hinaus, als suchten sie das Ende der Straße, das nicht sichtbar war. Er wirkte durchaus mehr als Erscheinung, wie als ein Mensch dieser Gegenden. Abergläubische Leute erzählten von ihm, er sei aus Wurzeln und aus dem grauen Moosgehänge alter Tannen herausgewachsen, er habe auch kein Heim, sondern er wandere von Zeit zu Zeit in jene Waldwildnis zurück, um sich für eine Weile wieder mit ihr zu vereinigen und neue Kräfte aus ihrer Erde zu holen. Darum sei er auch viel älter als hundert, vielleicht sogar zweihundert Jahre – man wußte das nicht genau. Die meisten hatten ihn schon gekannt, als sie noch Kinder waren, und sie kauften weiter bei ihm, obwohl es heute in Halmar schon Läden gab, welche die gleichen Waren hatten. Aber man kaufte aus einer alten Überlieferung heraus, wie man noch gerne einen verschlungenen Fußpfad geht, den man als Kind gegangen ist, auch wenn eine neue Zeit neue Straßen gebaut hat.

Aron Mendel brauchte auch seine Waren nicht mehr zu loben, sie waren selbstverständlich geworden wie er auch. Höchst sonderbarerweise wagte es auch keiner, an seinen Preisen etwas abzuhandeln, wie das sonst üblich war. Aron Mendel hatte eine Würde, die das von selbst verbot. Es war etwas an ihm von der vergangenen Größe des Alten Testaments, die sich in ein fremdes Land und in eine fremde Zeit verirrt hatte, heimatlos, vertrieben und wandernd, aber hinaufgerückt über das Maß alles Alltags, wie ein Gespenst aus der Wüste am Sinai. Es gab nur ganz wenige Leute in der Gegend, die so dumm und hochmütig waren, das nicht zu fühlen. Aber über diese sah Aron Mendel gleichsam hinweg.

Aron Mendel kam selten in die Höfe um Halmar. Er war sehr alt geworden und wanderte langsam und nicht mehr so emsig wie früher. Es schien mehr, als wenn auch er nur eine Überlieferung aufrechterhalten wolle, als daß es ihm noch besonders um den Handel zu tun wäre. Gleichsam aus solcher Überlieferung tauchte er von Zeit zu Zeit, wie aus dem Erdboden gezaubert, auf und schritt groß und dürr über die Straßen, die seine Füße so viele Jahre begangen hatten, mit dem immer gleichen Bündel auf dem Rücken.

Jahrelange Überlieferung war es auch, daß er dann im Gartenhaus bei Johannes Wanderer Rast machte und Kaffee bei ihm trank. Aron Mendel war für Johannes Wanderer ein Stück seiner Kindheit, er kannte ihn schon, als er ein kleiner Knabe war und in die Schule von Halmar ging. Sie nannten sich bei Namen, ohne Förmlichkeiten, wie alte Bekannte, die einen Weg zusammen gepilgert sind. Manches Mal ist dieses ein Weg in diesem Leben, noch weit häufiger sind es Wege aus früheren Daseinsformen, die es Menschen von verschiedenster Stellung und Artung erscheinen läßt, als kennten sie sich schon lange. Die Straße, die wir wandern, hat viele Meilensteine, und manche stehen schon aus einer grauen Vergangenheit dort, mit einer schwer enträtselbaren Inschrift. Denn alle Menschen sind ja, mit inneren Augen betrachtet, nicht nur das, was sie heute sind oder scheinen – ihr Heute ist nur ein kleiner Teil von dem, was sie waren und sein werden. Wer will wissen, ob nicht die, welche uns in diesem Leben zum ersten Male begegnen, Geschwister oder Tempelgenossen von Jahrtausenden sind? Es mag vielleicht darum gewesen sein, daß Aron Mendel, der wenig redete, viel sprach, wenn er bei Johannes Wanderer im stillen Gartenhause war.

Wie immer hatte Aron Mendel umständlich den schweren

Kasten abgeladen, den Leinwandsack aufgeschnürt und aus den Schubladen die Sachen herausgekramt, die Johannes regelmäßig zu kaufen pflegte: Schokolade für Veronika, Peter und Zottel, bunte Seidenbänder für Veronikas Puppen, einen Wollknäuel für Mutzeputz, der trotz seiner inneren Reife noch gerne damit spielte, farbige Kreidestifte für den blöden Peter, der nicht schreiben, aber unbeholfen malen konnte und das sehr liebte, und schließlich noch ein phantastisches Kopftuch für Karoline. Karoline besaß eine Sammlung schrecklicher Kopftücher und trug sie wie Kriegstrophäen. Die Auswahl dieser Herrlichkeiten überließ Johannes Wanderer stets Aron Mendel allein, ohne selbst zu wählen – es war dies eine Frage des Taktes und des Vertrauens, wie bei einer ganz großen Firma, mit der man seit Jahren in geschäftlicher Verbindung steht.

Wenn der immer gleiche Kauf geregelt war, setzte sich Aron Mendel in einen hohen Lehnstuhl und erholte sich, während Johannes den Kaffee bereitete, in einer stillen, langen Pause. Zum Kaffee aß er Hörnchen mit Butter, auch das war Überlieferung. Hörnchen mochte er sehr, obwohl er sie zu dem Luxus rechnete, der nicht ohne Sünde ist, wenigstens an einem gewöhnlichen Werktag. Aron Mendel hatte seine eigenen Gedanken über alles, die er sich mühevoll auf seinen Wanderungen gestaltet hatte. Er hatte ja Zeit genug dazu gehabt im Staub der Landstraße. Solche Gedanken sind Kinder der Stille und Einsamkeit, und man sollte im Lärm der Schlagworte mehr auf sie achten. Sie sind nicht immer richtig; aber immer sind sie menschengeborene, lebendige Wesen, und auf ihren Spuren spinnt das Dasein seine unsichtbaren Fäden. Denn leben und das Leben begreifen, heißt seine Straße wandern auf müden Füßen.

„Hörnchen sind sündhaft", sagte Aron Mendel und bestrich ein neues Hörnchen sorgsam mit Butter, „es ist heute kein

Feiertag. Ich habe auch schon zwei Tassen Kaffee getrunken, es ist gegen das Gleichmaß der Dinge."

Johannes Wanderer goß Aron Mendel die dritte Tasse Kaffee ein.

„Das Gleichmaß der Dinge haben Sie genug in sich aufgenommen, Aron Mendel, man muß auch nicht allzu regelmäßig sein. Die bestimmten Feiertage haben ihr Recht, aber die Feierstunden, die man sich selber bereiten kann, haben es auch. Und ich rechne es zu den Feierstunden, wenn wir beisammensitzen, und die alten Jahre stehen vor mir auf, als ich noch in die Schule von Halmar ging. Vielleicht ist es auch noch viel länger her, daß wir uns kennen. Oft empfindet man sich so zeitlos. Ich denke dabei an ein Dasein, das vor diesem Leben war. Glauben Sie, daß es nichts weiter um uns ist, als daß Sie Jahr um Jahr auf der Landstraße wanderten und daß ich meine Schule abmachte, ein wenig reiste und nun in dem einsamen Gartenhaus sitze, um Studien zu treiben, meinen Schwestern zu helfen und die kleine Veronika und den blöden Peter zu betreuen? Ich finde, es reicht nicht aus, um das Menschliche in uns, um uns selbst zu erklären."

„Ich habe auch darüber nachgedacht", meinte Aron Mendel, „aber das ist für mich wie ein fernes Land, das ich nicht finden kann. Man träumt sich manches Mal hinein, aber man ist nicht darin."

„Man ist freilich nicht mehr darin, aber es ist in einem, und dazwischen wacht es auf und man erinnert sich. Wenn ich Sie so vor mir sehe, Aron Mendel, so kann ich mir gut vorstellen, daß Sie vor tausend Jahren einmal ein König der Wüste waren, mit Juwelen geschmückt und mit dem goldenen Stirnreif im Haar. Kann es nicht sein, daß wir auch damals so beisammen gesessen haben wie heute? Vielleicht sprachen wir von einer Zukunft, die nun Gegenwart ist. In den alten Kulturen wußte man mehr vom Wandel der Seelen und vom

Werden und Vergehen als jetzt, wo die Menschen laut geworden sind, aber nicht mehr tief."

Aron Mendel wiegte den alten Kopf hin und her.

„Wer soll das wissen, Johannes? Es kann sein, und es war wohl ein leichteres Leben als heute. Wir sind Verstoßene, man muß es tragen."

„Das ist in gewisser Hinsicht wahr", sagte Johannes Wanderer, „aber wir wollen das Vergangene nicht zurückwünschen. Es ist ein Berg, auf den wir alle hinaufgelangen müssen, und es ist besser, Aron Mendel zu sein auf der Hälfte des Weges, als im Königsreif unten zu stehen. Man schleppt zwar schwerer, aber auf dem Gipfel des Berges hören alle Lasten auf!"

„Und doch sind wir verstoßen, seit der Tempel zerstört ist", sagte Aron Mendel.

„Der Tempel ist überall zerstört worden, nicht nur bei einem Volke, Aron Mendel. Und verstoßen sind wir alle, aber wir sind es, um im Dunkel das Licht zu finden und um den Tempel wieder aufzurichten. Würde man nicht so denken, wie sollte man es aushalten? Man kann nur das bejahen oder sich betäuben. Die meisten Menschen betäuben sich, darum ist es eine irre Zeit geworden."

„Es trägt sich schwer", sagte Aron Mendel und seufzte, „es ist auch nicht nur so, daß ich den Kasten geschleppt habe durch alle die Jahre, es war viel mehr, was man trug, aber man ist ergeben geworden."

„Es ist viel, wenn man ergeben wird, Aron Mendel, und darum sind Sie heute größer als damals, wo Sie vielleicht ein König waren. Mir hat es immer sehr leid getan, daß Sie diesen Kasten schleppten, aber Sie haben recht, es ist nicht nur dieses – es ist Symbol für alle Bürden, die wir tragen. Ich habe mich oft gefragt, warum das sein muß, denn gewiß ist manche Bürde zu schwer, wie auch Ihr Kasten zu schwer ist für einen alten Mann."

„Ich habe mich daran gewöhnt", sagte Aron Mendel einfach.

„Ja, man gewöhnt sich, aber das kann nicht der Sinn der Bürde sein. Ich habe viel darüber nachgedacht, und mir scheint es, der Segen der Bürde liegt darin, daß einer am anderen erkennt, daß wir Menschen und Brüder sind. Nicht das allein ist es – es sind auch verborgene Fäden alter Zeiten, die uns verknüpfen, aber ich glaube nicht, Aron Mendel, daß Ich Ihnen nähergetreten wäre, wenn es mich nicht ergriffen hätte, daß Sie diese Bürde über die staubigen Straßen schleppten. Wenn wir die Bürde begreifen, so denken wir, sofern wir Menschen sind, nicht mehr an ein Volk, an Kirche und Stand, sondern nur an den Menschen und an das, was uns alle verbindet, die wir eine Bürde tragen. Ist das nicht der Beginn vom Wiederaufbau des zerstörten Tempels?"

„Es gibt auch solche, die Bürden nicht sehen, und solche, die einen darum verachten", sagte Aron Mendel bitter.

„Das sind die, welche noch unten am Berge sind. Sie leben im Glanz und haben noch keine Bürde getragen. Je höher man zum Gipfel gewandert ist, um so mehr erkennt man die Bürde bei Menschen, Tieren und Pflanzen, und in denen, welche sie tragen, sieht man den Bruder. Ich glaube, Aron Mendel, um diese Erkenntnis gibt man seine Bürde nicht mehr her. Ich will damit nicht sagen, daß ich Sie gerne auf der Landstraße sehe, weiß Gott nicht. Ich sprach nur vom Sinn der Bürde, wie ich es mir gedacht habe. Ich habe auch nichts gegen die Landstraße, ich weiß es, daß man weit mehr auf ihr lernen kann als in einem satten Leben. Aber Sie sind nun zu alt dazu geworden. Ist es denn nötig, daß Sie sich noch weiter mit diesem schweren Kasten schleppen? Bleiben Sie lieber zu Hause in Ihrem kleinen Laden, und wenn Sie meinen, daß er dann vergrößert werden müßte, ich würde Ihnen gerne dabei helfen und das Geld beschaffen. Wir haben alle nicht viel, aber das ließe sich schon ermöglichen."

„Es ist schön, daß Sie mir das sagen, Johannes, ja, es freut mich, aber mein Laden braucht nicht vergrößert zu werden. Er ist groß genug, auch wenn ich einmal nicht mehr auf den Straßen handle – wir wollen es so nennen, wie es ist, nicht wahr? Es ist nichts Schlechtes, vielleicht das Gegenteil, denn es ist ja eine Bürde, und ich denke auch so darüber. Ich könnte gewiß zu Hause bleiben, meine Tochter Esther kann den Laden bequem allein besorgen, seit sie verwitwet ist und nur noch die kleine Rahel hat. Es ist ein großes Glück für mich, daß ich eine Enkelin habe."

In Aron Mendel verwittertem Gesicht leuchtete es seltsam auf von Stolz und Seligkeit, wenn er von Rahel sprach.

„Ja", sagte Johannes Wanderer, „aber ich finde, daß Sie gerade dort viel nötiger sind. Die kleine Rahel hat wenig von Ihnen, wenn Sie so viel auf die Wanderung gehen. Ich reise und wandere nun auch nicht mehr, weil ich hier nötig bin."

„Sie sind schon nötig, wo Sie sind, Johannes. Die Gartenwirtschaft hier ist groß, und wenn es auch kein richtiges Gut mehr ist, seit Regines Mann gestorben ist, die beiden Damen könnten doch nicht ohne Sie auskommen."

„Das ist das Geringste", sagte Johannes Wanderer, „Regine und Mariechen haben Peters Vater, er ist ein sehr guter Gärtner, am Garten wenigstens. Ein ebenso guter Gärtner an seinem blöden Kinde ist er leider nicht. Die Seelen der Kinder brauchen ja auch noch sorgsamere Hände als die Pflanzen. Nein, es ist nicht um des Gartens willen, daß ich hierbleiben muß. Ich pflege hier einen anderen Garten, Aron Mendel, die kleine Veronika und der blöde Peter haben mich nötig. Es sind innere Dinge, die stärker sind als die äußeren, es sind Fäden, die gesponnen wurden, als wir noch nicht waren, was wir heute sind. Diese Fäden muß ich entwirren, Aron Mendel."

„Ich verstehe das", sagte Aron Mendel, „es sind auch innere Dinge, warum ich wandere."

„Wollen Sie mir das nicht erklären?"

Aron Mendel strich sich mit der mageren Hand über die Stirne, und seine Augen hatte wieder den seltsamen Ausdruck, als suchten sie in der Ferne das Ende einer Straße, das nicht sichtbar ist.

„Es ist ein Geheimnis, Johannes, aber ich will es Ihnen sagen. Wir kennen uns ja lange, schon seit der Zeit, als Sie ein kleiner Schulknabe in Halmar waren, vielleicht auch noch länger, in dem Sinne, wie Sie es vorhin meinten, und den ich mehr träumen als fassen kann. Es ist ein Geheimnis, und ich erzähle sonst keinem davon, außer Esther, denn sie muß es ja wissen, warum ich nicht zu Hause sein darf und wandern muß. Ich weiß, daß Sie nicht darüber lachen werden, Sie können ja wohl etwas hinter die Dinge sehen. Es ist nicht darum, weil ich verdienen muß, daß ich noch wandere und den schweren Kasten schleppe. Er ist sehr schwer, und ich kann es verstehen, daß Sie ihn mir nicht mehr wünschen. Gewiß verdiene ich etwas dabei, denn alle kaufen noch bei mir, aus einer alten Gewohnheit, Johannes, ich weiß das gut, weil sie als Kinder schon bei mir kauften, nicht, weil ich bessere Ware habe. Aber es lohnt doch heute nicht mehr sonderlich, und es ist eine arge Mühe. Es ist auch nicht darum, daß ich wandere, weil ich nicht gerne bei Esther und bei der kleinen Rahel wäre. Viel, viel lieber wäre ich dort. Das alles ist es nicht. Sehen Sie, Johannes" – Aron Mendels Stimme wurde leise, als ginge er auf geweihtem Boden –, „es ist um Rahels willen, und weil der Tempel zerstört ist, darum muß ich wandern."

„Sie denken, daß Sie am Tempel bauen, wenn Sie Ihre Bürde schleppen?" fragte Johannes Wanderer.

Aron Mendel schüttelte den Kopf.

„Der Tempel ist zerstört, Johannes. Wer weiß, wann er wieder erbaut wird? So meine ich es nicht. Aber es ist ein Fluch über uns, weil der Tempel zerstört ist, wir sind Verstoßene und schleppen unsere Bürde im Staub der Straße. Die, welche es nicht tun, sind verblendet, denn sie sühnen den zerstörten Tempel nicht, und der Gott unserer Väter wird sie heimsuchen. Doch es kann einer für den anderen tragen, und wenn ich den schweren Kasten über die Straßen schleppe, so sage ich mir: du tust es für Rahel, daß du diese Bürde trägst. Ich bin zu alt, und von mir würde es Gott nicht fordern, um meiner Sühne willen nicht mehr. Ich bin ja ein Leben lang auf der Straße gewandert und habe mitgetragen am Fluch der Verstoßenen. Wenn ich jetzt wandere und mich mit dem schweren Kasten mühe, so ist es für Rahel, und ein jeder Schritt, den ich mache unter der Bürde mit gekrümmtem Rücken, nimmt etwas vom großen Fluch für Rahel hinweg. Ich will Gott auch für sie versöhnen, ich will nicht, daß sie eine staubige Straße wandern und daß sie den Fluch der Verstoßenen schleppen soll. Ihre Schultern sollen frei sein, ihr Nacken ungebeugt, ihre Füße sollen auf dem Teppich der Wiesen gehen, und wenn die dunklen Geister der Rache nach ihr greifen, soll sie lachen können und sagen: der alte Aron Mendel hat für mich gesühnt! Sehen Sie, Johannes, das ist das Geheimnis, warum ich wandere."

„Es ist sehr gut und sehr groß, wie Sie denken, Aron Mendel, aber ich kann den Gedanken der Sühne nicht ganz so düster auffassen, wie Sie es tun. Die alten Kulturen sind vergangen, es ist eine Zeitenwende geschehen, aus dem Fluch muß der Segen gestaltet werden, und aus der Bürde ihr Sinn. Auch Rahel wird ihre Bürde tragen müssen wie wir alle, Sie können sie ihr nicht ganz durch ein Opfer nehmen. Aber die Kraft der Liebe, mit der Sie für Rahel wandern, wird ihr helfen, die Bürde des Lebens auf sich zu nehmen. Solch eine Liebe ist mehr als ein Opfer. Güte ist der höchste Grad der Kraft, den ein Mensch erreichen kann, denn sie ist vom Wesen Gottes."

„Das ist alles wahr", meinte Aron Mendel, „aber ich kann nicht so ganz so denken, wie Sie denken, Johannes. Es bleiben noch Rache und Opfer und der Fluch der Verstoßenen. Der zerstörte Tempel muß gesühnt werden. Ich sühne für Rahel, wenn ich wandere, ich sühne auch für Rahel, wenn ich mich kasteie. Sehen Sie, Johannes, Sie finden es gewiß immer ein wenig sonderbar, wenn ich so ängstlich bin in belanglosen Dingen und wenn ich am Werktag mich scheue, weißes Brot zu essen. Es ist nicht Geiz oder Eigensinn, wenn ich mir manches versage. Es ist für Rahel, denn was ich für sie entbehre, wird sie in Fülle haben. Ich muß nun wieder gehen, Johannes, und muß weiterwandern für die kleine Rahel."

Johannes Wanderer wurde es traurig zumut.

„Wollen Sie denn immer wandern, Aron Mendel?"

„Bis mir Gott am Ende meiner Tage die Bürde abnimmt."

„Kann sie Ihnen nicht auch eher genommen werden?" fragte Johannes Wanderer.

Aron Mendel lud den schweren Kasten wieder auf die Schultern.

„Wenn die Bürde so leicht wird, daß sie kein Opfer mehr ist", sagte er, „dann will ich aufhören, zu wandern. Das wäre ein Zeichen Gottes. Aber geschehen heute noch Zeichen, Johannes? Es ist sehr dunkel geworden überall, wie mir scheint, und es reden keine Zeichen mehr zu uns."

„Es geschehen heute noch Zeichen, Aron Mendel, und ich glaube und hoffe, Gott wird Sie nicht wandern lassen bis ans Ende Ihrer Tage."

Johannes Wanderer geleitete Aron Mendel hinaus. Im Garten trafen sie Veronika. Veronika gab Aron Mendel die Hand und knickste. Sie sah ihn mit großen Augen an.

„Du trägst sehr schwer", sagte sie, „wenn ich groß bin, werde ich dir helfen."

„Dafür danke ich dir viele Male, Veronika", sagte Aron Mendel. „Ich werde es nicht erleben, daß du groß wirst, und ich würde dich meine Last auch nicht tragen lassen. Sie ist zu schwer für dich. Aber du hast mir heute schon tragen helfen, als du das sagtest. Ich will daran denken auf meinem weiten Wege. Vielleicht beginnen die Zeichen doch zu reden."

Aron Mendel trat durch die Gartenpforte auf die Landstraße hinaus und reichte Johannes Wanderer und Veronika die Hand zum Abschied. Dürr und groß ging seine gebeugte Gestalt im Licht der sinkenden Sonne ins Weite. Er hatte den Hut abgenommen, und der Wind spielte mit seinem weißen Haar.

Johannes Wanderer und Veronika sahen ihm lange nach.

„Onkel Johannes, ist Aron Mendel ein König?" fragte Veronika, „warum trägt er eine Krone auf dem Kopf?"

„Siehst du das?" sagte Johannes Wanderer. „Nein, Aron Mendel ist heute kein König. Er war es vielleicht einmal. Aber die Krone, die du an ihm siehst, trägt er darum, weil er seine Bürde schleppt für die kleine Rahel. Es ist das Königtum der Last, die wir tragen für andere."

„Müssen wir das tun, Onkel Johannes?"

„Man muß es freiwillig tun, Veronika. Wir müssen es versuchen, einander die Bürde tragen zu helfen, Menschen, Tieren und allem, was lebt. Das ist der Weg zum Licht."

4 MARSEILLAISE

Im Haus der Schatten waren die Mauern dick und die Fenster eng, und die letzten Sonnenstrahlen verschwanden früh. Der graue Schleier der Abenddämmerung lag über Veronikas Spielzimmer und breitete sich über alle Gegenstände, so daß sich die Umrisse verwischten und es aussah, als stünden undeutliche Gebilde zwischen dem, was einem am Tage klar und bekannt war. In der tiefen Fensternische saß Johannes Wanderer und las beim letzten Licht, das sich darin verfing, Veronika kauerte auf dem Boden und schmückte ihre Puppen mit den seidenen Bändern aus Aron Mendels Kasten. Mutzeputz lag neben ihr auf einem weichen Kissen, und Magister Mützchen hüpfte auf seinen dünnen Beinen im Zimmer umher und machte sonderbare Bewegungen, als hasche er Schatten.

„Onkel Johannes", fragte Veronika, „du weißt es doch, wer die graue Frau ist, nicht wahr?"

„Ja, Veronika", sagte Johannes Wanderer, „aber daran mußt du jetzt nicht denken. Du kannst ihr nicht helfen."

„Ich täte es gerne", meinte Veronika, „sie war sehr nett zu mir. Nur ihr Bilderbuch hat mir nicht gefallen. Wird sie noch lange hierbleiben und ihr Bilderbuch besehen?"

„Sie wartet, bis es hell wird in der Kirche von Halmar", sagte Johannes Wanderer.

„Ist es da dunkel?" fragte Veronika.

„Es ist nicht so hell dort, wie es sein sollte", sagte Johannes Wanderer. „Für die graue Frau aber muß es dort hell werden, sonst findet sie nicht über die Schwelle, über die sie gehen muß. Sie könnte es gewiß auch so, und ich habe mich bemüht, ihr zu helfen, aber siehst du, sie denkt nun einmal an die Kirche zu

Halmar, wie sie vor langer Zeit war, als sie selbst noch darin saß. So wartet sie darauf, daß es dort hell wird, und in dieser Helligkeit glaubt sie den Weg zu finden, der sie hinausführt in die andere Welt."

„Kann man denn die Kirche nicht hell machen, Onkel Johannes?"

„Ich kann es nicht, Veronika, aber es wird wohl einmal geschehen. Die Menschen gehen verschiedene Wege, und es kommt nur darauf an, daß ein Licht ihnen leuchtet."

Veronika besann sich.

„Onkel Johannes", sagte sie, „meinst du die drei Lichter auf dem Leuchter, die der Engel mir einmal gezeigt hat?"

„Ja, Veronika, aber jedes Licht hat seine Zeit und hat seinen Sinn. Man muß auf sie achten, daß sie einmal im goldenen Licht aufgehen, das in der Mitte brennt. Das sind keine ganz leichten Fragen, und heute abend ist es schon besser, du spielst mit deinen Puppen und guckst zu, was Magister Mützchen macht."

„Nicht wahr, du siehst Magister Mützchen auch? Das ist hübsch von dir, Onkel Johannes", rief Veronika begeistert, „ich habe ihn so gerne, und es ist schade, daß Mama, Tante Mariechen und Peter ihn gar nicht bemerken. Sie sehen mich so komisch an, wenn ich von ihm spreche. Nur Peter glaubt es."

„Es ist gut für Peter, daß er vieles glaubt", sagte Johannes Wanderer, „dann werden seine drei Lichter richtig brennen, auch wenn er sie nicht sieht."

„Ich sehe den Engel und die drei Lichter auch nicht immer", meinte Veronika.

„Das ist auch nicht nötig, Veronika. Dein Engel achtet auf sie, und wenn du größer wirst, kannst du es selbst lernen, auf sie zu achten."

„Onkel Johannes, wo sitzt Magister Mützchen jetzt? Kannst du das sagen?"

Es war wie ein leiser Zweifel, der in Veronikas Seele aufstieg, ob Onkel Johannes auch wirklich alles das sah oder ob er es nur so sagte, wie es viele Erwachsene tun.

„Magister Mützchen hockt vor dem Spiegel und zieht seinen Mund so lang, daß er zu beiden Ohren reicht", sagte Johannes Wanderer.

„Ist das nicht reizend?" rief Veronika voller Bewunderung, „aber du bist wirklich sehr klug, Onkel Johannes. Bist du eigentlich noch klüger als Mutzeputz? Das wäre doch gar nicht auszudenken!"

„Ich würde jetzt gerne lesen", sagte Johannes Wanderer, „und was Mutzeputz und mich betrifft, so wage ich es nicht, Vergleiche anzustellen. Mutzeputz ist ja auch zugegen, und er könnte das hören."

„Mutzeputz schläft, er hat die Pfote vor die Augen gelegt", meinte Veronika, „wenn er so daliegt, schläft er sehr tief."

„Wer weiß, ob das ganz sicher ist", sagte Johannes Wanderer, „Mutzeputz ist jedenfalls sehr klug und eine hochachtbare Person. Ich denke, daß er manches weiß, was ich nicht kenne, und daß vielleicht auch ich einiges erfahren habe, was ihm noch neu sein könnte. Damit will ich mich natürlich nicht über Mutzeputz stellen, das wäre ja sehr anmaßend."

„Onkel Johannes, Mutzeputz schnurrt. Er hat es also doch gehört, was du gesagt hast. Aber du bist auch sehr klug und ich werde dich jetzt heiraten. Willst du?"

„Sehr gerne", sagte Johannes Wanderer, „aber ich darf wohl dabei weiterlesen, nicht wahr?"

„Natürlich, Onkel Johannes, bleibe nur sitzen. Ich mache das ganz einfach mit den Puppen. Diese Puppe bist du, und die andere bin ich, und nun werde ich uns beide trauen."

Veronika stellte die Puppen zusammen und dachte nach.

„War das nicht schon einmal?" fragte sie leise und ein wenig ratlos, als sei ihr etwas eingefallen, was unklar und noch nicht greifbar war.

„Mache das nicht mit den Puppen, Veronika", sagte Johannes Wanderer und sah von seinem Buche auf. „Stelle zwei Stühle für uns hin, aber nicht die Puppen. An die Puppen kommen so leicht allerlei Schatten heran und heften sich an sie und wachsen, größer, als du sie haben willst."

„Tu die Puppen fort, Veronika", sagte Mutzeputz und zupfte Veronika mit der Pfote am Kleid, „es ist ein bläulicher Schein im Zimmer, wie beim Bilderbuch der grauen Frau."

„Sieh nur", rief Veronika erschreckt, „die Puppen sehen jetzt wirklich ähnlich aus wie du und ich, Onkel Johannes, nur haben sie so seltsame Kleider bekommen, wie die graue Frau und die anderen auf den alten Bildern."

„Veronika, höre auf", sagte Johannes Wanderer, klappte sein Buch zu und stand auf.

Es war ganz blau geworden im Zimmer, wie Mondschein, der in wogenden Nebeln webt. Im blauen Schein stand eine schwarze Schwelle, finster und fremd. Von ferne hörte man Trommeln, erst leise, dann anschwellend und drohend.

„Geh nicht über die Schwelle, Veronika", rief Magister Mützchen.

Aber die Schwelle bewegte sich und kam auf Veronika zu und die Puppen wuchsen, sie regten und dehnten die Glieder.

Und dann klang es, gedämpft wie durch dicke Stoffe, aber sehr nahe, als würde im Nebenzimmer gesungen, aus rauhen Kehlen:

„Allons, enfants de la patrie, de la patrie . . .!"

Unter Trommelwirbel tat sich die Türe auf, eine Gestalt in zerlumpter Uniform, mit einer roten Kokarde am Hut, schaute herein und sagte etwas. Es war, als ob sie Namen aufriefe, und durch den Trommelwirbel und den Gesang, der ferner geworden war, hörte Veronika es deutlich:

„Citoyenne Madelaine Michaille! Citoyen Henri . . ."

„Nein, ich will das nicht, ich will das nicht!" schluchzte Veronika und barg das Gesicht in den Händen, „ich will nicht, daß man uns abholt! Noch nicht, noch nicht!"

Johannes Wanderer fing Veronika in den Armen auf, ehe sie ohnmächtig wurde, und trug sie hinaus in ihr Schlafzimmer. Magister Mützchen lief eilig hinterdrein, und Mutzeputz folgte fauchend, nachdem er die Puppen umgeworfen hatte. Im Haus der Schatten aber klang es weiter wie ferner Trommelwirbel und ein langsam verlöschendes Singen der Marseillaise: allons, enfants de la patrie, de la patrie . . .

Das Spielzimmer lag dunkel da, und die Puppen regten sich nicht mehr.

•

Als Veronika von ihrer Mutter und Tante Mariechen zu Bett gebracht wurde, war sie aus ihrer Ohnmacht wieder erwacht. Aber es war kein eigentliches Erwachen in dieses Leben. Die Spukgestalt in der zerlumpten Uniform war wohl verschwunden, und auch den Trommelwirbel und die Marseillaise hörte sie nicht mehr. Sie wußte auch, sie lag in ihrem Bett und war die kleine Veronika im Hause der Schatten. Und doch war sie es nicht ganz. Sie war seltsam losgelöst von ihrem Körper und von allem, was damit zusammenhing.

Ihre ganze Umgebung, die sonst so wirklich war, erschien ihr unwirklich, jedenfalls bei weitem nicht so deutlich und lebendig wie die Bilder, die an ihr vorbeizogen, so schnell, daß sie es mit den gewöhnlichen körperlichen Augen nicht hätte verfolgen können. Aber sie war ja nicht körperlich, sie war anders als sonst. Sie glitt gleichsam allmählich aus ihrem Leibe hinaus und stand neben ihm, so daß sie ihn vor sich liegen sah wie ein Abbild, das ihr ähnlich war, das aber nur noch eine Hülle bedeutete, nicht mehr sie selbst. Nein, sie war das nicht, vielleicht war es eines ihrer vielen Kleider, so wirkte es ungefähr auf sie. Sie fühlte sich außerhalb davon, aufrecht vor ihrem Bett, abei ohne mit den Füßen den Boden zu berühren. Ihr war es, als ob sie schwebe, und sie war auch kein Kind mehr, wie es ihr vorkam, sie war viel älter und größer, und alles, was sie umgab aus ihrem jetzigen Kinderdasein, wirkte auf sie kaum mehr als ein Traum, an den man sich ein wenig unklar erinnert.

Wirklicher, viel, viel wirklicher waren die bunten Bilder, die sich vor ihr abrollten wie auf einer endlosen Leinwand, eines mit dem anderen verwoben, als wären sie beinahe gleichzeitig da. Und nun glitt sie selber in diese Bilder hinein, als eine ihrer lebendigen Gestalten, und wurde fortgetragen vom Strom ihres Geschehens. All dies Geschehen aber war ihr bekannt, sie lebte gleichsam ein Leben, das sie schon einmal gelebt, zurück. Nur furchtbar schnell ging das alles vor sich, es gab gar keine richtige Zeit mehr, an die man sich halten konnte.

Ja, das kannte sie alles. Das waren die Straßen von Paris, aber sie lagen still und sonnig da, es war noch kein Grauen in ihnen, kein Blut und kein Geschrei der unheimlichen Menschen mit den roten Kokarden. Sie trug ein seidenes Kleid, und ihr zur Seite ging ein Kavalier mit Dreispitz und Degen – seltsam, wie er sie an Onkel Johannes erinnerte. Jenes hohe Portal mit den Heiligenfiguren war Notre-Dame, sie sah die Dämmerung der Kirche und die Ewige Lampe darin und bekreuzigte sich: Sainte Marie, conçue sans péché, priez pour nous ... Oh, wie viele Bilder glitten vorüber, immer neue, und immer war sie mitten darin. Nun wurde sie kleiner und immer kleiner, wieder war sie ein Kind und saß in einem alten Schloßpark unter blühenden Bäumen. War das nicht Michaille, wo sie aufgewachsen war? Neben ihr lag eine große Katze im Sonnenschein – am Ende war das Mutzeputz? Doch Mutzeputz hatte nicht solche schwarze Tupfen auf dem Rücken.

Dann aber veränderte sich das Bild. Aus dem Schloßgarten

von Michaille wurde ein Garten der Geister. Ach, wann war sie doch zuletzt dort gewesen? War da nicht ein Käfer, der ihr sein Landhaus zeigen wollte, eine Elfe im Baum und ein Luftgeist mit Falterschwingen, der sie zur silbernen Brücke führte? Richtig, nun war auch die silberne Brücke wieder da, und jetzt sah sie das Wasser, über dem die Brücke gebaut war. Kristallklar war es und regte sich ohne Aufhören, lebendig in sich selber, ohne Wellen zu werfen. Sie tauchte tief hinein und badete darin. Aus lauter feinen Perlen bestand es, und es drang ganz in einen hinein, so daß man innerlich badete, mit all seinem Sein, und als ob alles in einem erneut und jung würde, wie an einem allerersten Morgen, den man sah und lebte. Alles war neu, war Jugendbeginn, und auch die Bilder, durch die man geglitten war, hatte man vergessen.

Doch es dauerte nicht lange. Das Wasser verlief sich wieder, neue Bilder erschienen vor Veronikas Augen, und wieder glitt sie weiter in ihrem Strom mit der gleichen Geschwindigkeit.

Das war Holland mit seinen Windmühlen. In dunklen, engen Gassen hockten hochgiebelige Häuser dicht beieinander und spiegelten ihre bunten Kacheln in den trüben Grachten von Amsterdam. Dort malte Rembrandt van Rijn, hier wohnte Baruch Spinoza. Diese Namen kannte sie doch – oder kannte sie sie nicht mehr? War jene dicke Frau vor den blanken Kochtöpfen nicht Tante Mariechen? Wie schrecklich schnell ging das alles weiter! Nun stand sie im brokatenen Gewande, mit einer Larve vor dem Gesicht, unter lauter bunten Gestalten in einem schimmernden Festsaal. Lachen, Lichter und Musik – das war der Karneval von Florenz! Wieder war Johannes Wanderer neben ihr und wies stumm auf eine Türe. Aber sie lachte ihn aus und warf eine Rose nach ihm. Doch die Türe tat sich auf, und die Pest kam herein, ein Grinsen auf dem Totenantlitz, im klingenden Schellenkleid. Schrill brachen die Geigen ab, die Kerzen erloschen, und im häßlichen Grau der ersten Morgenstunden lagen Leichen auf den Fliesen in Festgewändern, und aus den Löchern der Masken starrten gläserne Augen. Draußen wimmerten die Glocken das Miserere. Wie befreiend war es, nach diesem entsetzlichen Bild in das kristallene Wasser zu tauchen, das sich immer wieder aufs neue zwischen die Flut des Geschehens schob und einen reinigte mit seinen kühlen Perlen! Nun war es ein griechischer Tempel, in dem Veronika stand und das Feuer hütete, das im kupfernen Becken brannte. Vor ihr am Altar kniete eine Frau – war es nicht ihre Mutter! Jetzt zeigte sich Ägyptens Wüste, und bronzene Menschen bauten emsig in sengender Sonne an ungeheuren Pyramiden. Immer war Veronika mitten darin, nur kam sie sich diesmal seltsam verwandelt vor, und ihr schien es, als sei sie ein Mann und trüge Wehrgehänge und Schwert und einen Kopfputz mit dem Bilde der Königsschlange. Neben sich sah sie den blöden Peter. Er hielt eine Tafel in der Hand und entzifferte geheimnisvolle Hieroglyphen – wie merkwürdig, denn heute konnte er weder lesen noch schreiben. Sie hatte keine Zeit, darüber nachzudenken, es huschte alles zu eilig vorüber.

Dann nahm sie das kristallene Wasser länger auf als sonst, und als sie ihm wieder entstieg, war sie in einer einsamen Landschaft mit Schneebergen in der Ferne und mit einer Blumenpracht leuchtender Farben in den Tiefen der Täler. Riesige Elefanten schritten schlürfend auf ihren Säulenbeinen an ihr vorbei und nickten mit den schweren Köpfen. Aus einem Tempel, dessen Dach ein Gewirr steinerner Ranken war, schnatterten heilige Affen, streckten die spaßhaft langen Arme aus und bettelten um ihr Almosen von Früchten. Mitten im Tempel aber war es still, ganz still, und nun saß Veronika darin, nackt bis auf den Lendenschurz aus Pflanzenfasern, als junges Mädchen vor einem alten Mann, der sie die Geheimnisse des Daseins lehrte. Ach ja, das war Onkel Johannes, und alles fiel ihr wieder ein, was er damals gesagt hatte von der Kette der

Dinge, vom zerstörten Tempel Gottes und von der Wanderung der Menschenseelen auf staubiger Straße, in Demut und Ergebung und im Dienen an allem, was lebt. Wie tief war diese Stille im Tempel, wie weiß waren die fernen Schneeberge, und wie klar brannten die drei Flammen im Leuchter, der vor ihnen stand! Drei Lichter waren es, blau, rot und golden.

Die Schneeberge, die Täler und der Tempel versanken, aber der Leuchter blieb stehen. Nur diesen Leuchter sah Veronika noch vor sich, und ihren Engel, der ihn hoch vor ihr aufgerichtet hielt. Sie erkannte ihn wieder. Es war ihr Engel, und diese Flammen leuchteten ihrem Dasein. Es waren wieder die drei Lichter der kleinen Veronika, und sie glitt langsam in ihren Körper zurück und war wieder in ihrem Bett im Hause der Schatten.

Der Engel hielt seine Hand über der blauen Flamme.

Sie brannte am stärksten von allen. Aber nun zuckte sie und wurde kleiner und immer kleiner. Der Engel achtete auf sie, und jetzt neigte sie sich hinüber zum goldenen Licht in der Mitte.

Veronika lächelte friedvoll, wie Kinder lächeln, denn nun war sie ja wieder ein Kind. Sie sah sich um im Zimmer und erkannte alles. Das war wieder gewohnte Wirklichkeit, und die vielen bunten Bilder erschienen ihr wie ein ferner Traum, der immer blasser wurde, wie das blaue Licht im Leuchter, den der Engel hielt.

Vor ihrem Bett sah sie ihre Mutter, Tante Mariechen und Onkel Johannes sitzen. Auf der Diele hüpften Mutzeputz und Magister Mützchen. Mutzeputz stand aufrecht, er hatte die Vorderpfoten in die Hände von Magister Mützchen gelegt, und beide tanzten miteinander. Da mußte Veronika lachen.

„Gott sei Dank", sagte ihre Mutter, „das Fieber ist vorüber."

„Nun können wir zur Ruhe gehen", meinte Mutzeputz, „die kleine Veronika lacht wieder. Siehst du, wie gut es war, daß wir getanzt haben? Es hat sie erheitert. Wie sollte es auch jemand nicht freuen, wenn wir beide zusammen tanzen."

Dann sprang er auf Veronikas Bett und schnurrte.

„Du bist nun wieder gesund, Veronika, nicht wahr?" fragte Tante Mariechen, „wir haben uns große Sorge um dich gemacht."

„Veronika war nicht krank", sagte Johannes Wanderer, „aber es ist manches Mal so, daß das eine Licht stärker brennt als die anderen."

Da verhüllte der Engel den Leuchter mit den drei Lichtern, und Veronika schlief ein.

*

Am anderen Morgen war Doktor Gallus aus Halmar herübergekommen, um nach Veronika zu sehen. Veronikas Mutter hatte ihn bitten lassen, sie wollte gerne sicher sein, daß es nichts Ernstes war mit dem gestrigen Fieber.

Doktor Gallus war klein und sehr beweglich. Er drehte den kurzgeschorenen, grauen Kopf hin und her, und diese Bewegung sowie eine große Nase und dicke, runde Brillengläser verliehen ihm etwas Vogelartiges. Dabei sprach er seltsam schnappend, als hackte er mit einem Schnabel nach etwas, und verschluckte hastig alle Befürchtungen und Einwände, die man äußerte. Seine Ausdrucksweise war dazwischen ein wenig giftig, aber die Menschen in Halmar liebten ihn sehr, weil er keine Mühe in seinem Beruf scheute. Doch verglich man ihn allgemein mit dem alten Papagei, der bei ihm hauste, und viele nannten ihn auch so.

Doktor Gallus untersuchte Veronika genau, aber er konnte nichts finden, was bedenklich gewesen wäre. Magister Mützchen stand hinter ihm und machte alle seine Bewegungen nach. Veronika verbiß sich das Lachen.

„Du bist ja ganz vergnügt", sagte Doktor Gallus, „du

kannst nächstens zu mir kommen und meinen Papagei besuchen."

Dann schnappte er und schob sie sanft zur Türe hinaus.

„Es ist weiter nichts", meinte er zu Regine, „Veronika ist sehr zart, was ich Ihnen schon immer sagte, und Sie müssen vorsichtig mit ihr sein. Sie soll auch nicht zur Schule nach Halmar, wie wir das schon einmal besprachen. Sie kann ja hier im Hause Unterricht haben. Aber es liegt nichts vor, nein, nichts, also."

„Aber sie wurde doch gestern ohnmächtig", wandte Regine ein, „und nachher hatte sie fraglos Fieber. Sie sprach französisch, und es war eigentlich unheimlich, wie gut sie es sprach. Sie hat ja noch gar nicht so viel Französisch gelernt. Und später phantasierte sie von fremden Ländern, von Elefanten und Affen."

„Das ist ein vorübergehender Schwächezustand", sagte Doktor Gallus, „es liegt wirklich keine Erkrankung vor, gnädige Frau."

„Aber das Französische, die Elefanten und Affen?" meinte Tante Mariechen, „halten Sie das für ungefährlich, Herr Doktor?"

Doktor Gallus schnappte nach Tante Mariechen.

„Wie gesagt, ja, durchaus. Ich wollte, ich hätte einmal ein Fieber, in dem ich ein bißchen besser französisch spräche, und Elefanten und Affen würde ich auch gerne sehen. In Halmar gibt es das alles nicht, nicht wahr, also."

„Es ist uns sehr schrecklich vorgekommen. Woher soll das Kind bloß etwas von Elefanten und Affen wissen, gerade weil es die hier nicht gibt?" klagte Tante Mariechen.

„Mein Himmel, es ist ja kein Säugling", sagte Doktor Gallus, „und hier im Hause gibt es doch genug Bilderbücher, mit so was drin, nicht wahr?"

„Das gute Französisch war wirklich recht sonderbar", meinte

Regine, „das ist auch mir aufgefallen. Das andere kann ich mir schon eher erklären, wenn ich mich auch nicht besinnen kann, ob in Veronikas Bilderbüchern gerade Affen und Elefanten sind. Es könnte ja sein."

„Ja, gnädige Frau, der Traum hat oft gesteigerte Fähigkeiten zur Folge", sagte Doktor Gallus und wackelte mit dem Kopfe hin und her, „wenn wir das alles ergründen wollten, würden wir selbst bald Affen und Elefanten werden, und wer weiß, was sonst. Mein Papagei sagt auch häufig Dinge, die mir unverständlich sind."

„Ich fürchte, daß Veronika unterernährt ist", meinte Tante Mariechen.

Doktor Gallus kannte Tante Mariechen und ihre Ernährungswut und schnappte hastig nach ihr wie ein Vogel nach einem Insekt.

„Träume kommen eher aus dem vollen Magen als aus dem leeren", sagte er gemütlos, „Veronika ist sehr zart, aber das ist ihre ganze Konstitution. Ernährt ist sie gut. Stopfen Sie sie ja nicht."

„Veronika ißt kein Fleisch, Herr Doktor", klagte Tante Mariechen beweglich, „sie mag es nicht, sagt sie. Genau wie Johannes, seit er von seinen Reisen zurück ist und so sonderbare Dinge sagt."

„Es ist nicht nötig, daß Veronika Fleisch ißt", sagte Doktor Gallus, „sie soll essen, wonach sie Lust hat. Menschen und Affen sind nahe Verwandte, und die Affen leben auch vegetarisch."

Tante Mariechen schauderte es.

„Veronika ist doch kein Affe!" meinte sie entsetzt.

Doktor Gallus lachte giftig. Er liebte es sehr, Tante Mariechen ein wenig zu ärgern.

„Nun", sagte er großmütig, „ein richtiger Affe ist die kleine Veronika ja nicht. Aber so ähnlich sind wir doch alle."

Tante Mariechen hob abwehrend die Hände.

„Ich bin kein Affe", sagte sie aus vollster Überzeugung.

„Affen sind kluge Tiere", schnappte Doktor Gallus höhnisch, „jedenfall leben sie vernünftiger als wir. Man sollte sich eigentlich ein Beispiel an ihnen nehmen. Guten Morgen, meine Damen, und seien Sie vorläufig ganz ohne Sorge."

Regine dankte Doktor Gallus herzlich und geleitete ihn zur Türe. Tante Mariechen war sprachlos. Aber dann kam ihr ein Gedanke: Vielleicht hatte Johannes auf seinen Reisen die ganze Zeit unter Affen gelebt, und darum war er so sonderbar geworden?

„Das mit den Affen wird sich doch nicht auf uns übertragen, Regine? Auf Veronika, auf dich, oder gar auf mich? Das wäre ja nicht auszudenken", meinte sie bekümmert.

Veronika war unterdessen zu Johannes Wanderer in den Garten gegangen, und beide betrachteten sich die Blumenbeete.

„Der Onkel Doktor ist ganz zufrieden, und ich soll seinen Papagei besuchen", sagte Veronika, „aber weißt du, es war doch komisch, wie es gestern war. Der Mann zuerst war ja grausig, aber nachher war es eigentlich schön, und mir ist es so, als wenn ich ganz woanders gelebt hätte, und dabei ging alles so schnell, viel schneller, als es hier geht. Sage einmal, Onkel Johannes, war das so etwas, wie das Bilderbuch der grauen Frau? Ich kann es mir nicht so erklären. Es war doch alles wirklich, du kannst es mir glauben. Bloß Tante Mariechen denkt, daß ich zu wenig esse, und Mama sagt, daß ich nur geträumt habe, weil ich Fieber hatte."

„Es ist schon wirklich gewesen, Veronika", sagte Johannes Wanderer, „du kannst auch sagen, daß es ein Bilderbuch war, aber ein anderes und viel lebendigeres als das Bilderbuch der grauen Frau. Du hast früher so gelebt, wie du es gestern zurück lebtest, das wirst du später einmal genauer verstehen. Siehst du, es ist wie mit den Blumen, die heute blühen und morgen welken, und später kommen sie wieder neu aus der Erde heraus und blühen wieder."

„Du warst auch mit in dem Bilderbuch, Onkel Johannes, und ich kann mich besinnen, daß es in einem Tempel war, und außer dir waren reizende Affen darin."

„Das ist erfreulich, Veronika", sagte Johannes Wanderer, „Affen sind angenehme Leute, und im alten Indien waren sie heilige Tiere."

„Weißt du", meinte Veronika, „ich hätte gewiß noch viel, viel mehr behalten, aber dazwischen kam immer das klare Wasser, das alles abwusch, und eigentlich war das auch wunderschön."

„Dafür müssen wir sehr dankbar sein, Veronika. Ohne das kristallene Wasser, das uns reinigt, hielten wir die vielen mühsamen Wanderungen auf den staubigen Straßen des Lebens gar nicht aus. Das kristallene Wasser nimmt uns die Bürden, die wir tragen, ab, und macht uns wieder jung, als wäre es eben erst Morgen geworden."

„Ja, solch ein Gefühl ist es, meinte Veronika nachdenklich, „aber wenn das die Bürden sind, die wir trugen, müssen wir sie behalten und weitertragen, oder sollen wir sie vergessen?"

„Wir müssen wohl manches weitertragen, bis es ganz von uns abfällt, aber wir wollen nicht immer daran denken", sagte Johannes Wanderer, „wir müssen aufs neue wieder leben, wie die Blumen aufs neue blühn, aber jede Blüte muß reifer sein als die vorige. Wir sollen uns wohl dazwischen an unsere alten Bürden erinnern, wenn das blaue Licht im Leuchter des Engels brennt. Die Schwere der Bürden aber dürfen wir vergessen, nur ihren Sinn sollen wir bewahren."

„Und wie machen es Mutzeputz und Magister Mützchen?" fragte Veronika.

„Sie machen es ein wenig anders als wir, Veronika, aber in vielem ist es auch bei ihnen ähnlich wie bei uns. Wir wandeln uns alle und wachsen ins Licht, wir sind alle Geschwister und Blumen in Gottes Garten."

5 IRRELOH

Ein altes Gebäude ist wie eine alte Geschichte in Stein gehauen und mit seltsamen Gebilden und Zeichen geschmückt wie eine sorgsam gemalte Chronik. Eine solche alte Chronik war Schloß Irreloh, und seine Mauern redeten eine unheimliche Sprache für den, der sie zu lesen verstand. Schloß Irreloh lag sehr viel weiter von Halmar entfernt als das Haus der Schatten. Ein dunkler Tannenwald umrahmte es, der langsam ansteigend in föhrenbewachsene Dünen überging. Hinter ihnen war das Meer. Die grünen Wellen der Ostsee rollten mit weißen Kämmen heran und schlugen eintönig an den Ufersand und an die teergestrichenen, schwarzen Fischerboote, die vereinzelt am Strande vertaut waren. Und die Brandung sang ihr Lied hinüber bis in den stillen Park von Irreloh. Auf der anderen Seite des Schlosses dehnte sich rote Heide, und über sie führte der Weg zum Hause der Schatten und weiter nach Halmar mit seinen engen, winkeligen Gassen und den kleinen, alten Häuschen, die ein spitzer Kirchturm überragte. Bis hierher hörte man die Brandung der See nicht mehr, und das war wohl richtig so, denn die Brandung hatte den friedlichen Häusern von Halmar nichts zu sagen, aber Schloß Irreloh hatte sie viel zu erzählen, und sie tat es Tag und Nacht. Es waren alte und traurige Geschichten, von denen die Brandung sang, und es wäre gut für Schloß Irreloh gewesen, wenn es diese Geschichten nicht mehr zu hören brauchte. Doch es mußte sie hören, denn es waren Geschichten, die ja auch in der alten Chronik von Irreloh standen. Sie flüsterten in den alten Mauern dasselbe Lied, das die Brandung sang, und sie redeten ihre eigene unheimliche Sprache einem jeden, der sie zu hören und zu lesen verstand. Das konnten nicht mehr viele von den Menschen, die heute lebten, aber die Lettern und Zeichen der alten Geschichten stehen überall da, auch wenn sie nicht gelesen und nicht mehr verstanden werden.

Ach, wäre es nicht besser, man würde die verwaschenen Lettern lesen und die verschlungenen Zeichen deuten? Würde man nicht klarer sehen, wohin die Wege und Umwege führen, die man wandert, wenn man mehr darauf bedacht wäre, den Boden zu kennen, auf den man den Fuß setzt? Ihr, die ihr heute atmet, denkt daran, wie viele vor euch diese Straße gingen, liebten und haßten, beteten und sündigten. Der Sand des Ufers, das ihr betretet, hat schon viele Spuren vor euch in sich drücken und wieder verwehen lassen – in Trauer und Frohsinn eurer Reden mischen sich ferne, fremde Stimmen, in eure Gedanken andere Gedanken, die hier einmal gedacht wurden, und in die Kränze, die ihr dem Leben flechtet, binden unsichtbare Hände welke Blumen, die einmal in vergangenen Tagen geblüht. Es ist alles Geschehen so seltsam miteinander verwoben. Wie vieles könnte man klären, wie manches vermeiden, wenn man bewußter durch dieses Dasein ging. Aber wir wandern im Dunkel der Dämmerung, die über uns gekommen ist, und die Schatten alter Zeiten wandern mit uns.

Ach, Ulla Uhlberg, wärst du nach Schloß Irreloh gezogen, wenn du das Lied der Brandung verstündest, wenn du die Lettern der alten Mauern und die Zeichen der dunklen Torbogen lesen könntest? Wärest du hergekommen, wenn du geschaut hättest, wie viele welke Kränze in den Gängen und Hallen hängen, und wenn du es hören würdest, wie erloschene Stimmen sich die alten Geschichten von Irreloh erzählen? Ich weiß es, du bist hierher gezogen, um dem nahe zu sein, den du liebst. Aber Schloß Irreloh ist kein Ort, um ein Rosenlager zu bereiten, seine grauen Gewölbe ersticken die Seligkeit heimlicher Liebesträume, und nach deinen heißen, sehnsüchtigen Gedanken greifen kalte Gespenster. Ach, Ulla Uhlberg, du bist eine starke und stolze Frau, aber du wirst nicht stark genug sein, um die Geister von Irreloh zu bannen. Du weißt ja auch nichts von ihnen. Wie soll man kämpfen und siegen, wenn man es nicht weiß, was man bekämpfen und besiegen soll?

Nein, Ulla Uhlberg wußte nichts von den Geistern von Irreloh. Sie war als kleines Mädchen in die Schule von Halmar gegangen, als sie nach dem frühen Tod der Eltern zu einer Tante gekommen war, die dort wohnte. Es war eine stille Welt gewesen, in der sie mit den Kindern von Halmar aufgewachsen war, und die engen Gassen des kleinen Städtchens waren ihre Heimat geworden. Aber Ulla Uhlberg sehnte sich nach dem Großen, dem Grenzenlosen, sie träumte von Pracht und Glanz, von Leben und Lachen in schimmernden Hallen, und wenn sie davon träumte, erschien es ihr immer, als kenne sie das alles, als käme sie von dort her und müsse wieder dahin zurückgelangen. Doch sie wußte nicht viel von der Welt, und Schloß Irreloh mit seiner plumpen Größe erschien ihr stets als ein lokkender Gegensatz zum Frieden von Halmar, das still und ruhevoll, aber immer ein wenig eng und langweilig war. Als Ulla Uhlberg erwachsen war, erbte sie das große Vermögen der Eltern. Erst ging sie auf Reisen, sie war ja reich und jung und hatte Zeit, sich die Welt zu betrachten. Doch sie blieb nicht draußen. Sie kam wieder und kaufte Schloß Irreloh, das lange Jahre verlassen und unbewohnt und ziemlich verfallen war. Ulla Uhlberg hatte nun freilich genug von der Welt gesehen, um zu wissen, daß Irreloh nichts weniger als Pracht und Glanz bedeutete – ach nein, es war wahrhaftig keines der vornehmen Häuser von Florenz, das sie so sehr liebte. Aber sie hatte Kinderträume um Irreloh gesponnen, hatte unsichtbare Fäden um dieses alte Gemäuer gezogen, und ihr war es, als wenn sie gerade hier das Wunder erleben müsse, nach dem sie sich in der Enge der Jugendjahre gesehnt. Sie wollte Macht empfinden und herrschen, aber sie wollte es hier; auf diesem Boden wollte sie groß sein, wo sie so klein gewesen war. Oder vielleicht war es die Heimat, die sie wieder zu sich rief? Es ist so schwer zu sagen, wie viele verschiedene Empfindungen unwägbar in der Seele eines Menschen reden – er weiß es oft selber nicht, er hört nur die eine Stimme in sich und ahnt nicht, daß es viele sind. Man will, aber niemals kann man wirklich deutlich sagen, warum man etwas will. Ein bindendes Heimatgefühl hatte Ulla Uhlberg eigentlich nicht. Sie war keine so reine Nordländerin wie die anderen, die mit ihr in Halmar groß geworden waren. Schon als Schulmädchen fiel sie aus der Reihe heraus mit ihren schwarzen Haaren, den dunklen Augen und der seltsam braunen Tönung der Haut. Nein, sie hatte sich in Florenz heimischer gefühlt, unter dem tiefblauen Himmel und den leuchtenden Farben des Südens, als hier, wo Schnee und Nebelgrau häufiger waren als Sonne und Klarheit. Und doch kam sie wieder in die Heimat und kaufte Irreloh. Es war nicht nur das Schloß der Kinderträume, das sie besitzen wollte, es war wohl darum, weil sie dem nahe sein wollte, was sie hineingeträumt, und das war so vieles. Wir wissen es alle nicht, wo wir eigentlich zu Hause sind, und wie selten gelingt es uns, das verworrene Gewebe unseres Lebens zu entwirren, ehe es der Tod uns aus den Händen nimmt und ein neues Muster daraus gewoben wird am Webstuhl des ewigen Werdens.

Nein, heute war Ulla Uhlberg kein kleines Schulmädchen mehr, sie wußte es gut, was wirkliche Schönheit und Pracht ist, und sie sah es deutlich, wie dunkel und düster Schloß Irreloh war. Aber sie war nicht umsonst so schön und jung und stark, und sie hatte an den alten Mauern von Irreloh so viel gebaut wie einst an den Träumen der Kinderzeit. Und wenn die Brandung von ferne sang, wenn die eichenen Türen knarrten, die schweren Schwellen ächzten oder ihr Schritt in den öden Gängen widerhallte, dann lachte sie jugendsicher und sorglos. Sie war ja Herrin von Irreloh, und sie wollte es umgestalten und ihm die heiße Zauberglut des Südens einhauchen, die in ihrer eigenen Seele lebte, sie wollte dies graue Gemäuer mit roten Rosen umranken und einst darin ihren Kindertraum mit ihren Küssen zum Leben erwecken.

Ach, Ulla Uhlberg, du bist jung und schön und stark. Aber wirst du stark genug sein, die Geister von Irreloh zu bannen? Das Leben ist so anders, als man es sich träumt, wir flechten Blumen und schmieden uns Ketten. In allem, was in uns ist, rufen wir Kräfte, gute und böse, um uns herum. Du hütest ein Feuer in dir, das rot und glutvoll ist. Auch in Irreloh hütet man alte Feuer, die einmal brannten. Aber die Feuer von Irreloh waren falsche Feuer, denke daran, Ulla Uhlberg. Feuer zieht Feuer an, und niemand von uns weiß es, was nur Gleichnis hinter den Dingen bleibt und was zum Geschehen geboren wird an einem Tage des Schicksals aus einem geheimnisvollen Schloß.

*

Ulla Uhlberg saß in einem hohen Lehnstuhl in der Halle von Irreloh. Die Türen zum Garten standen offen, und das goldene Licht des Sommers tanzte auf den schweren, dunklen Renaissancemöbeln, die ein passender Rahmen für Ulla Uhlbergs etwas strenge Schönheit waren. Pastor Harald Haller aus Halmar und seine Frau saßen Ulla gegenüber, sie waren zu Tisch dagewesen und nahmen nun den Kaffee in der Halle ein. Johannes Wanderer war eben erst gekommen, er saß ein wenig abseits von den anderen in einer tiefen Fensternische und beobachtete Pastor Haller, der eifrig sprach und seine liberalen theologischen Ansichten auseinandersetzte. Er hatte das schon bei Tisch getan, und Ulla Uhlberg mußte sich zu einer höflichen Anteilnahme zwingen. Ihr war es grenzenlos gleichgültig, ob Pastor Haller liberal oder orthodox war, und sie wünschte sehnlichst, er möge gehen und sie mit Johannes Wanderer allein lassen. Ihre Finger spielten unruhig mit einer feinen, goldenen Halskette von venezianischer Arbeit. Der Diener servierte lautlos. Pastor Haller war eine gute Erscheinung, noch ziemlich jung und hoch gewachsen, mit einem ernsten und klugen Gesicht, das aber mehr an einen Dozenten als an einen Priester erinnerte. Seine Frau war belanglos hübsch, freundlich und ein wenig ängstlich.

„Es ist natürlich nicht leicht, moderne Ansichten in Halmar einzubürgern", sagte Pastor Haller, „die Leute hier sind rückständig, sie glauben an allerlei Wunder, ja sogar an Gespenster, an graue Frauen und kleine Männchen. Es ist schwer, ihnen das abzugewöhnen und sie in die Gegenwart und in den Geist der Aufklärung zu führen. Immer wieder muß ich ihnen versichern, daß es auch bei Jesus nur auf das moralische Vorbild ankommt, nicht auf die alten christlichen Legenden, so sehr ja auch diese ihren poetischen Wert haben mögen."

„Es tut mir leid, daß Sie sich hier unter den Leuten nicht einleben können", meinte Ulla Uhlberg höflich.

Wenn Pastor Haller bloß ahnte, wie furchtbar einerlei ihr das alles war! Aber sie bot ihm freundlich noch eine Tasse Kaffee an.

„Ich kann nicht sagen, daß ich mich nicht eingelebt habe, nein, ich fühle mich ganz wohl hier. Aber sehen Sie, es ist keine Gegenwart, in der man hier lebt, es ist eine Vergangenheit, die dem modernen Dasein, den Forschungen von heute nicht mehr standhalten kann. Ich finde das ungesund und versuche durchaus, in einem anderen Sinn auf die Menschen einzuwirken. Man kann doch nicht immer im Mittelalter steckenbleiben."

„Aber, Haraldchen", wandte Frau Haller schüchtern ein, „Papa war doch auch Pastor wie du, und er hat immer streng auf das Wort gehalten und gesagt, daß man nichts davon nehmen dürfe. Und Papa war doch sehr beliebt bei seiner Gemeinde, und ich muß eigentlich auch immer wieder so denken, wie er gedacht hat. Die Leute hier hätten dich sicher auch viel lieber, wenn du ihnen all ihre Wunder lassen wolltest."

„Ja, liebes Kind", meinte Pastor Haller überlegen, „dein Vater hatte eben die andere Richtung, und es war ja auch eine andere Zeit. Dagegen will ich natürlich nichts sagen. Aber wir müssen der Gegenwart Rechnung tragen. Das ganze veränderte Leben heute, die moderne Naturwissenschaft, die Errungenschaften der Technik, das alles sind Faktoren, an denen wir nicht vorbeigehen können. Man glaubt eben nicht mehr an Wunder im alten Sinne, die Legenden sind schöne Gleichnisse, aber worauf es ankommt, ist das, im Christentum ein menschliches Vorbild zu haben. Der Aberglaube vergangener Zeiten ist mit unsern heutigen Erkenntnissen unvereinbar."

Frau Haller schwieg bedrückt. Sie ahnte unklar, daß in dem stolzen akademischen Gebäude ihres Gatten etwas nicht stimmte, und sie fühlte es in ihrer Einfachheit viel deutlicher als er, daß die Leute in Halmar gegen diese neue Kirchlichkeit einen Widerwillen hatten, der ihr irgendwie auch als eine Gefahr des eigenen Hauses erschien.

Ulla Uhlberg unterdrückte ein Gähnen.

Pastor Haller wurde unsicher und suchte nach einem Stützpunkt.

„Herr Wanderer", sagte er, „Sie schweigen immer so hartnäckig. Ja, wenn ich mich recht erinnere, habe ich Sie eigentlich sehr selten sprechen hören. Wie denken Sie über diese Sache? Sie haben sich doch auch dazwischen mit religiösen Fragen beschäftigt."

„Ich denke, daß ein Leben ohne Wunder sehr arm ist", meinte Johannes Wanderer, „ich möchte es nicht leben. Ich sehe in Jesus von Nazareth auch mehr als nur einen großen Menschen, dem man nachleben soll. Das Nachleben glückt auch meistens weder den Liberalen noch den Orthodoxen.

Vielleicht gibt es Leute, die mit einer moralischen Doktrin leben können, aber mit ihr allein zu sterben, scheint mir nicht ausreichend. Leben und Sterben aber sind uns gleich nahe an jedem Tag."

Pastor Haller räusperte sich. Dieser stille Mensch, der sich immer abseits hielt in Gesellschaft, war ihm eigentlich unheimlich.

„Nun ja", sagte er, „gewiß muß diese moralische Doktrin gestaltet und umgesetzt werden. Aber die Wunder können wir nun einmal heute dem aufgeklärten Verstande nicht mehr zumuten."

„Ich bin gewiß kein Freund orthodoxer Unduldsamkeit, der anderen übrigens auch nicht, ich finde aber, daß eine Religion ohne Wunder keine Religion mehr ist. Es geschehen doch auch heute noch Wunder, jede Blume ist eines, und das Wunder des Lebens und Sterbens kann auch die moderne Naturwissenschaft nicht erklären."

„Wir sind doch vielem nahegekommen", wandte Pastor Haller ein.

„Oder sehr weit. Verstand und Geist ist nicht dasselbe."

„Am Ende reden Sie noch den Leuten von Halmar das Wort und stehen ihren Gespenstern näher als mir?" fragte Pastor Haller scherzend, aber es war ein wenig Schärfe in seinem Ton, der harmlos klingen sollte.

„Offengestanden, ja, Herr Pastor", sagte Johannes Wanderer ruhig.

Ulla Uhlberg lächelte amüsiert.

„Aber was ist das für eine Richtung?" fragte Pastor Haller entsetzt, „welchen Weg gehen Sie denn in religiösen Dingen?"

„Es ist gar keine Richtung", erklärte Johannes Wanderer freundlich, „ich halte überhaupt nichts von sogenannten Richtungen. Ich denke aber, daß ein Mensch und besonders ein Priester nur einen Weg gehen kann, das ist der Weg nach

Damaskus, und wie das im einzelnen Fall geschieht, erscheint mir eigentlich unwesentlich."

Pastor Haller stand auf. Wahrhaftig, dieser sonderbare Mensch war nicht viel weiter als die einfachen Leute von Halmar. Das kommt von den asiatischen Reisen.

„Nun ja, wie man es nimmt, in diesem Sinne freilich", sagte er ablenkend, „aber nun müssen wir leider gehen, gnädiges Fräulein, haben Sie vielen Dank für Ihre gastliche Aufnahme."

„Ich bedaure sehr, daß Sie keine Zeit mehr haben", meinte Ulla Uhlberg höflich, „der Wagen ist bereit."

„Es ist sehr freundlich, daß Sie dafür gesorgt haben, wir hätten den Weg nach Hause auch gut zu Fuß machen können", sagte Frau Haller.

„Es ist weit bis Halmar", meinte Ulla Uhlberg, „und es ist doch selbstverständlich, daß ich daran dachte, als Sie äußerten, gleich nach Tisch aufbrechen zu wollen."

Ulla Uhlberg geleitete ihre Gäste zum Wagen. Dann kam sie in die Halle zurück und setzte sich zu Johannes Wanderer.

„Nun habe ich dich endlich einmal ein wenig für mich", sagte sie befreit, „Pastor Haller meint es ja gut mit all seiner modernen Aufklärung, aber mir ist das schrecklich langweilig und völlig einerlei."

Johann Wanderer lachte.

„Dir vielleicht", sagte er, „aber den Leuten in Halmar nicht. Die wollen in der Kirche etwas, woran sie sich halten können, und sie haben recht. Der Altar ist kein Lehrstuhl für theologische Forschungen, und trotz aller modernen Kenntnisse ist es sehr dunkel in der Kirche zu Halmar, wie sich einmal jemand ausdrückte."

„Wer sagte das?" forschte Ulla Uhlberg, „ich finde es interessant, das so zu sehen und auszudrücken."

„Das kann ich dir nicht erklären, Ulla, der Mensch, der das sagte, steht zwischen zwei Welten."

„Das klingt so geheimnisvoll", meinte Ulla Uhlberg, „aber erzähle mir lieber etwas von dir, Johannes. Du bist lange nicht bei mir gewesen. In unserer Schulzeit in Halmar waren wir täglich beisammen. Vergräbst du dich nicht zu sehr in deine Studien? Wie geht es Regine und Mariechen, und was macht Veronika?"

„Ich danke, Ulla, es geht allen soweit gut. Veronika hatte ein wenig Fieber, aber es war nichts Besonderes. Regine und Mariechen haben fleißig zu tun, und die Gartenwirtschaft ist zufriedenstellend. Es ist immerhin eine hübsche Nebeneinnahme zu ihrem Vermögen. Ich helfe ihnen, wo ich kann. Gartenarbeit ist etwas Hochwertiges, es ist Erwerb und Schönheit darin vereinigt, wenn auch vieles recht mühsam ist."

„Hat Regine eigentlich den Tod des Mannes verwunden?"

„Ich glaube es wohl. Es ist ja auch schon eine ganze Weile her, und ich hatte nicht den Eindruck, daß sie sich sehr nahestanden. Unsere üblichen Ehen bilden eben kaum mehr als eine Gewohnheit. Regine selbst ist auch ein Mensch, der für mein Gefühl nie ganz erwacht ist, sie sagt niemals völlig ja oder nein zu einer Frage des Lebens. Ich habe es oft versucht, sie zu festigen, aber es bleibt ihr etwas Ratloses, auch Veronika gegenüber."

„Für Veronika war es traurig, daß sie den Vater so zeitig verlor", meinte Ulla Uhlberg nachdenklich.

Sie dachte an den frühen Tod der eigenen Eltern. Johannes fühlte das.

„Sie hat noch die Mutter, da ist es etwas anderes, als es mit dir war, Ulla. Das Heim ist ihr ja geblieben. Ich kann mir auch nicht denken, daß Veronika viel vom Vater gehabt hätte. Er war so ganz anders als sie. Ich achte gewiß die Verkettungen des Blutes, aber man muß sich auch nicht darüber täuschen, daß sie nur an zweiter Stelle stehn. Die geistige Verwandtschaft ist stärker. Beides trifft selten zusammen. Ich meine das so, daß

Veronikas Wesenheit wohl stark mit Regine verbunden ist, aber nur wenig mit dem Vater. Mit ihm hatte Regine ihr Schicksal auszugleichen, nicht das Kind."

„Glaubst du das oder weißt du das, Johannes?"

„In diesem Falle weiß ich es", sagte Johannes Wanderer, „wenn Veronika einmal stirbt, wird ihr der Vater als erster nicht begegnen. Sie hat nähere Seelen, drüben, wie hier. Er geht einen ganz anderen Weg als Veronika, und vorläufig scheint es mir, daß dieser Weg kein allzu leichter sein kann. Er stand den geistigen Welten doch gar zu ferne, und es wird lange dauern, bis er sich in sie hineinfindet."

„Hast du das gesehen, Johannes? Kann man Tote schauen wie Lebendige?"

„Das kann man schon tun, Ulla. Tote und Lebende wirken enger zusammen als man denkt, und sie bauen zusammen an dieser und jener Welt. Nur heute, wo wir materieller und erdgebundener geworden sind, scheint uns die Trennung von den Toten so unüberbrückbar. Die alten Kulturen dachten und fühlten noch anders. Ich will gewiß nicht sagen, daß ich viel von diesen Dingen verstehe. Aber siehst du, es ist schon einiges, was ich auf meinen Reisen gelernt habe. Diese Reisen waren Wanderungen, du wirst es verstehen, Ulla, was ich damit meine."

Ulla Uhlberg besann sich.

„So bin ich nicht gereist. Ich kann nicht sagen, daß ich dabei gewandert wäre, leider. Aber ich war ja auch in Italien und du in Asien. Ich kann es mir denken, daß man da vieles lernt und manches anders ansieht als hier."

„Ach, das ist das wenigste", wehrte Johannes ab, „man ist mir darin auch zu Hilfe gekommen. Es muß ja einer dem anderen helfen, Ulla, das Leben ist sehr schwer, wenn man erst darüber nachdenkt und versucht, sich darin zurechtzufinden."

„Genügt dir nun das einfache Leben hier?"

„Ja, Ulla, ich hoffe, daß ich das ausfüllen kann."

„Sage, Johannes, bist du Veronikas wegen wiedergekommen oder um deinen Schwestern zu helfen oder – vielleicht auch aus einem anderen Grunde? Du brachst doch deine Reisen sehr plötzlich ab."

„Ich hatte natürlich das Bedürfnis, Regine zu helfen, als der Todesfall eintrat, aber es ist wahr, daß ich eigentlich gerufen wurde, um Veronika behilflich zu sein. Mariechen braucht ja niemand, sie ist so selbstsicher in ihrer Wirtschaft."

„Du wurdest gerufen?" fragte Ulla Uhlberg.

„Ja, Ulla, nicht äußerlich, sondern innerlich. Ich stehe Veronika sehr nahe und muß ihr helfen, es sind das Gesetze aus einer anderen Welt. Auch dem blöden Peter muß ich helfen."

„Das ist sehr schön, Johannes, und ich kann es verstehen, daß dir Veronika innerlich nahe ist. Sie ist ein sonderbares Kind, wie du es auch immer warst. Vielleicht liebte ich dich darum gerade besonders. Aber genügt dir das? Kannst du nicht andre Werke schaffen, mit allem, was du kannst und gelernt hast, als den blöden Peter zu unterrichten?"

„Es wäre ein großes Werk, wenn es mir gelänge, ihm den eingeschlafenen Geist um einiges zu erwecken. Vielleicht ist das verdienstvoller, als große Werke zu schreiben. Du mußt auch nicht über einen Blöden denken, wie die Menschen es tun. Siehst du, wir gehen von Leben zu Leben, und wenn der blöde Peter heute ein gefangener Geist ist, vielleicht war er einmal ein großer Weiser, und er ist aus Erbarmen mit den Blöden in diesem Dasein ein Blöder geworden, um das Leiden der Blöden, ihr Suchen und Finden in all seiner Hilflosigkeit, im Innersten zu erfahren und ihnen in einem künftigen Leben Führer zu sein."

Ulla Uhlberg sah voller Erstaunen auf.

„Ich könnte das verstehen", sagte sie langsam, „aber glaubst du es, daß Peter solch ein Weiser war?"

„Ich will das glauben, Ulla. Es ist zum mindesten besser für meine Mühe an ihm, wenn ich das als möglich annehme. Wer kann das Schicksal von Menschen enträtseln? Das ist sehr schwer, und ich bin kein Meister."

„Aber du kanntest einen?" fragte Ulla Uhlberg, „war das in Asien? Erzähle mir bitte davon."

„Ich kannte wohl einen, aber es war nicht in Asien. Wie soll ich sagen, wo das war? Das ist gar nicht greifbar, Ulla. Ich habe in Asien gelernt, was Vorbereitung ist, um einen Meister zu sehen, aber den Meister sah ich erst später. Es ist ganz gleich, an welchem Ort es geschieht. Es braucht ja auch kein Mensch zu sein in unserem irdischen Sinne. Das sind große Dinge, und sie sind sehr wirklich, es ist nur schwer, sie in Worte zu fassen. Du selbst bist dem allem vielleicht auch näher, als du glaubst, Ulla, sonst würdest du nicht so fragen."

„Ich glaube wohl, daß es ein Leben hinter den Dingen gibt, ähnlich dem Dasein, das in die Dinge hineingestellt ist. Es hätte vielleicht keinen Wert, zu leben, wenn es anders wäre. Ich habe es mir nie denken mögen, daß es alles sein könne, was die Menschen in ihrem Alltag sehen und was sie an ihm haben. Darum lohnte es nicht zu atmen und zu kämpfen."

„Kämpfst du um etwas, Ulla?" fragte Johannes.

Ulla Uhlberg neigte den Kopf.

„Vielleicht, Johannes", sagte sie leise. „Wir kämpfen wohl alle, aber es weiß niemand, ob er siegt."

Johannes Wanderer schwieg und sah hinaus in die Blumenpracht des Parkes, über der die Mittagssonne golden und strahlend lag. Wie nahe verwandt war dieser reife Sommertag Ulla Uhlbergs Schönheit! Aber jeder Tag muß über den Mittag hinaus in den Abendfrieden, in eine Nacht und in einen neuen Morgen . . .

„Sieh einmal, Johannes", fuhr Ulla Uhlberg fort, „du sprachst von verschiedenen Leben. Ich verstehe das so, daß wir schon vorher in anderen Gestalten auf dieser Erde waren, daß wir wiedergekommen sind und aufs neue wiederkommen werden. Ich kann es mir auch nur so erklären, daß Schicksale sich verketten, sich ausgleichen, sich lösen und wieder verbinden. Darüber habe ich oft gegrübelt, und eigentlich ist mir das immer verständlich gewesen, viel leichter zu begreifen, als daß es zum Beispiel Gespenster gibt und ähnliche übersinnliche Dinge."

„Man braucht kein Mystiker zu sein, Ulla, um die Wiederverkörperung verständlich zu finden. Sie ist doch, auch nur logisch betrachtet, die einzige Möglichkeit, Ausgleich von Ursachen und Wirkungen und eine Gerechtigkeit in allem Geschehen zu sehn. Damit ist natürlich nicht gesagt, daß man nicht helfen soll, wo es irgend geht, denn wir brauchen Hilfe und müssen Hilfe erweisen, Menschen, Tieren und allem Leben."

„Kannst du sehen, Johannes, wer jemand war? Oder hast du es bei irgend jemand gesehen?"

„Ich kann das nur selten, Ulla. Man muß auch sehr vorsichtig mit solchen Wahrnehmungen sein, es wird viel Unfug damit getrieben, und die Täuschung ist da vielleicht noch eher möglich, als in manchen anderen übersinnlichen Fragen. Aber der Grundgedanke als solcher ist gesund, er nähert uns wieder der Weltanschauung, die einmal gottnahe war und die im heutigen Materialismus versandete."

Ulla Uhlberg hatte das Gefühl, als ob Johannes ablenken wolle.

„Und wenn ich dich etwas darüber fragte?" sagte sie.

„Zum Beispiel, wer Baron Bombe war?" meinte Johannes und lachte, „dein immerwährender Verehrer, nicht wahr?"

„Pfui, Johannes", rief Ulla Uhlberg, „hast du kein reizvolleres Beispiel? Aber wenn du schon dabei bist, weißt du es, wer er war?"

„Ich glaube, darüber lohnt es nicht, weiter nachzudenken. Solche Fragen verlangen viel Kontemplation und Ruhe, ich würde sie nicht an dieses Problem verschwenden. Menschen mit primitivem Standesdünkel und ohne Eigengeltung sind meist im früheren Leben kleine Leute gewesen, sie haben sich in eine vermeintliche Stellung hineingesehnt und sie bleiben darin, bis sie lernen, sich wieder daraus zu befreien. Es sind keine interessanten Inkarnationen, und es lohnt nicht, sich weiter damit abzugeben. Doch es ist schon richtig, daß man solche Äußerlichkeiten anziehen kann. Die innere Verbindung hat natürlich ihre besonderen Gesetze. Ich will nichts Häßliches damit über Baron Bombe sagen, er ist spaßhaft und im übrigen ein harmloses Geschöpf. Man kann ihn ruhig in seinem Traum von der eigenen Vorzüglichkeit lassen."

Ulla Uhlberg lachte.

„Baron Bombe kann ich mir in solch einem subalternen Leben vorstellen, er hat bloß den Anzug gewechselt, und bei vielen Menschen scheint es mir nicht mehr zu sein, als nur das. Aber manches ist doch sicher sehr lehrreich darin zu erfahren, und ich denke mir oft, wenn ich eine Tischgesellschaft habe, wer nun in Wirklichkeit alle die Menschen sein mögen, die um mich herum sitzen und ihre Maske von heute tragen."

„Es kämen oft sonderbare Bilder heraus, wenn man die Masken abnehmen wollte", meinte Johannes Wanderer.

„Weißt du, Johannes, als ich in Florenz war, kam es mir oft so vor, als kenne ich das alles, was ich sah, schon lange. Ich schäme mich, es zu sagen, daß ich mich dort heimischer gefühlt habe als hier."

„Ich kann das verstehen. Aber du bist doch zurückgekommen, Ulla?"

Über Ulla Uhlbergs Wangen flog eine feine Röte.

„Ja, warum, Johannes? Du mußt es doch wissen, daß ich hier zu Hause bin."

Sie stand auf.

„Komm, wir wollen in den Park gehen, es ist eine dumpfe Luft hier. Draußen ist es schön unter den vielen Blumen."

Johannes Wanderer folgte ihr.

„Wolltest du fragen, Ulla, ob ich glaube, daß du schon einmal in Florenz gelebt hast? Ja, das glaube ich, denn du hast heute noch vieles davon behalten. Manches nimmt man mit in ein späteres Leben, weil es sich noch nicht ausgewirkt hat. Wie soll ich dir das sagen, Ulla? Mir scheint es, du bist noch stark an Florenz hängengeblieben und an dem, was damals war."

„Hast du das gesehen, Johannes?"

„Ich habe einiges davon gesehen, nicht alles."

„Warum vergißt man das? Es ist eine Erinnerung da, aber sie ist ohne Klarheit."

„Man wußte noch mehr davon, als man ein Kind war, Ulla. Auch Veronika weiß noch einiges. Dann vergißt man es. Der größte Teil des Lebens ist Dämmerung geworden, nur halb bewußt. Das ist schwer für uns, aber wir müssen versuchen, aus dem Dunkel ans Licht zu gelangen, und was wir dann besitzen, ist uns wirklich eigen. Doch bis man das lernt, ist es schon so wie du sagst. Man vergißt so leicht, was man nicht vergessen sollte, und später vergißt man schwer, was man gerne vergessen möchte. Es ist wie mit drei Lichtern, die alle anders brennen, bis sie sich ausgleichen und zu einer einzigen, reinen Flamme werden. Das sind Geheimnisse des Lebens, man kann sie nur unbeholfen erklären, man muß in sie hineinwachsen und sie in sich wach werden lassen."

„Johannes, als ich in Florenz wohnte, war es mir immer, als stündest du neben mir, und ich hatte das Gefühl, daß wir beide einmal dort gelebt haben und daß wir uns sehr nahestanden, ähnlich wie heute, oder vielleicht noch mehr. Ich kann es nicht so sagen, wie ich es meine."

„Wir sind beide in Florenz gewesen, wir waren auch glücklicher als heute, wenn du es so meintest, aber wir wollen es nicht zurückwünschen. Das Glück in Florenz brach in Scherben, und es war ein grauenvoller Morgen, als das geschah. Wir sind heute eine große Stufe weitergekommen, wir müssen noch weiter gelangen, und dabei wollen wir uns beide helfen, Ulla, du und ich. Doch an Florenz mußt du nicht so viel denken, man muß vorwärtsgehen und nicht zurück, und manches muß man vergessen, glaube es mir."

„Es ist vieles schwer zu vergessen, Johannes."

„Gewiß, aber vergessen heißt nicht auslöschen. Vergiß die Schale, die abfallen soll, und bewahre den Kern des Geschehens. Man kann sich ja alles auch leichter machen, aber das Leben ist schwer für alle, die helfen wollen, und ich will helfen, ich bemühe mich ehrlich darum. Du willst es doch auch, Ulla, nicht wahr? Es warten so viele Menschen und Tiere darauf, die Welt ist verworren, und überall gibt es unerlöste Seelen."

„Ich will, was du willst, Johannes", sagte Ulla Uhlberg einfach. „Ich habe ja dich hier, und ich habe ein Stück von Florenz in diesem alten Gemäuer eingefangen. Findest du nicht auch, daß ich Irreloh prachtvoll umgestaltet habe? Ich wollte, du würdest dich hier recht wohl fühlen, Johannes."

„Ich bin gerne bei dir, Ulla, aber ein Schloß liegt mir nicht besonders. Ich will dir nicht die Freude an deinem Besitz nehmen, ich sehe auch, wie hübsch du alles gemacht hast. Der alte Kasten, von dem wir als Kinder schwärmten, ist kaum wiederzuerkennen. Aber dennoch wünschte ich, du hättest Irreloh nicht erworben und dir lieber ein neues Haus gebaut."

Über Ulla Uhlbergs Gesicht huschte ein Schatten.

„Ich dachte, auch dir würde Irreloh gefallen. Es war der Traum unserer Jugendjahre, hier Ritter und verzauberte Königstochter zu spielen, und du hast es versprochen, mich vom Drachen, der mich bewacht, zu erlösen. Weißt du das nicht mehr, Johannes?"

„Ja, das weiß ich, Ulla, und ich will mein Versprechen halten. Darum sage ich dir ja gerade das alles."

Ulla Uhlberg lächelte und setzte sich auf eine steinerne Gartenbank.

„Komm, setze dich zu mir und erzähle mir, was du an Irreloh auszusetzen hast. Kriegt man hier Rheumatismus oder gibt es am Ende Gespenster?"

„Sieh einmal, Ulla, ich meine das so: Man hat vieles in sich, dem Wesen und Schicksal nach, was sich ausleben und klären muß, Gutes und Böses, aber man zieht auch manches an sich heran aus der Umwelt, mit dem man verwandt ist oder gegen das man nicht stark und bewußt genug angehen kann. So scheint mir die Wahl eines Ortes nicht ganz belanglos, vorausgesetzt, daß man ihn überhaupt wählen kann."

„Lebst du darum im kleinen Gartenhäuschen und nicht bei Regine und Mariechen?"

„Ja, Ulla, ich kann dort besser arbeiten, es kommen weniger Einflüsse an mich heran. Es ist da mehr Kontemplationsmöglichkeit vorhanden, ein reinerer Boden. Mir kommt es so vor, als wäre mir dort die Brücke zur geistigen Welt ein wenig näher als im Hause der Schatten."

„Vielleicht hast du recht. So friedlich ist Irreloh nicht. Schau bloß den greulichen hohen Turm an. An ihm ist sogar meine Verschönerungskunst gescheitert, es ist nichts weiter darin als altes Gerümpel. Jetzt hoffe ich bloß noch, daß sich die Eulen dort einnisten, das wäre wirklich romantisch. Ich habe Eulen so gern, aber sie tun mir nicht den Gefallen, den alten Turm zu bewohnen. Hier im Park herum hausen sie, ich höre sie in der Nacht rufen."

„Ich kann es verstehen, Ulla, daß die Eulen nicht auf dem

Turm nisten wollen. Er ist nicht gut. Es ist manches nicht gut in Irreloh."

„Wie meinst du das? Ich fürchte mich nicht vor Gespenstern."

„Ich will nicht sagen, daß dort Gespenster sind. Ich weiß das nicht. Ich kenne mich auch in Irreloh nicht so genau aus, wie im Hause der Schatten. Aber ich meine das nur so, daß an allen Dingen etwas hängt, aus früheren Zeiten, nicht greifbar natürlich, aber doch durchaus wirklich. Du mußt bedenken, daß ein hellsichtiger Mensch, wenn er einen Gegenstand in die Hand nimmt, sagen kann, wie sein Besitzer aussah und was für ein Schicksal er hatte. Ich habe das oft erlebt. In diesem Sinn sind überall noch restliche Kräfte, wenn man es so nennen will, aber man muß sie nicht erwecken."

„Das tue ich ja nicht, Johannes."

„Vielleicht noch mehr als das. Man muß ihnen oft eine Kraft entgegensetzen, darf ihnen zum mindesten nichts Verwandtes bieten, das uns mit ihnen verketten kann. Hier in Irreloh ist manches, was besser nicht wäre. Irreloh hatte früher einen schlimmen Ruf, es hat falsche Feuer an der Küste gebrannt, und es ist vom Strandgut reich geworden."

„Ach, das ist lange her, Johannes. Was geht es mich an? Ich habe die falschen Feuer nicht angezündet und habe kein Strandgut geraubt."

Johannes Wanderer schüttelte den Kopf.

„Du nicht, Ulla, aber ich meine es anders. Wenn ich an mich denke, so sage ich mir, daß auch in mir Gefahren sind und ungeklärte seelische Gebiete. Wir haben alle noch irgendwo ein Feuer in uns, das allzuheftig flackert, wenn auch vielleicht nur unter der Asche, und wir alle haben uns, oft wohl nur unbewußt, am Strandgut des Lebens vergriffen. Das ist so schwierig und geht so seltsam verschlungen ineinander über."

„Das mag wohl sein, Johannes, aber ich will ja nichts, als das

Leben bejahen. Wenn man das tut, wird man gewiß auch mit den alten Geschichten fertig."

„Ich wünsche dir ja gerade, daß du das Leben richtig bejahst und die Geister von Irreloh ausschaltest, Ulla. Ich warne dich ja nicht, damit du verneinen sollst, gewiß nicht. Aber hast du einmal darüber nachgedacht, wie schwer es ist, das Leben zu bejahen? Die meisten Menschen, die das als gesunde Weltanschauung predigen, bejahen gar nicht das Leben, sondern sie bejahen nur sich selbst. Das Leben verneinen sie – würden sie sonst Kriege führen, Tiere töten und ganze Wälder ausrotten? Das Leben bejahen, heißt alles Leben bejahen, sich selbst in Andacht eingliedern in alles brüderliche Dasein anderer Geschöpfe. Täten die Menschen das, wir wären alle glücklicher und besser. Die heutige Menschheit bejaht nur sich, nicht das Leben. Das Leben verneint sie und nennt das Lebensbejahung. Der Rest ist ein Chaos. Es ist nicht leicht, Ulla, das Leben wirklich so zu bejahen, daß man alles Leben bejaht. Es ist schon ein Problem, wenn man es ehrlich durchdenken und angreifen will."

Ulla Uhlberg sah mit großen Augen zu Johannes Wanderer auf.

„Du hast viel gedacht, Johannes, ich will gerne von dir lernen. Es ist wahr, daß wir heute in lauter Schlagworten reden und daß es dadurch immer verworrener wird. Ich will auch kein fremdes Leben verneinen, wenn ich meines bejahe. Ich hoffe, es wird mir glücken."

„Ich will dir dabei helfen, Ulla, so gut ich es kann. Nun muß ich nach Hause."

„Wie schade! Willst du den Wagen?"

„Nein, danke, es ist nicht weit nach dem Hause der Schatten, und ich gehe gern meine einsamen Wege."

Das tatest du immer, Johannes. Aber ich fürchte, du grübelst zuviel."

„Ich will das gewiß nicht tun und weiß, daß es ein Fehler wäre, aber ich mühe mich, das Leben zu begreifen, sonst kann ich nicht helfen. Das aber muß ich, und das Leben ist schwer zu verstehn."

Ulla Uhlberg neigte den schönen Kopf.

„Das ist es. Lebe wohl, Johannes, komme bald wieder."

„Lebe wohl, Ulla. Komme einmal zu uns, wenn du Lust hast, und sei immer du selbst, dann wirst du auch Herrin über die Geister von Irreloh."

Ulla Uhlberg sah Johannes lange nach, bis er auf einem verwachsenen Waldweg ihr aus den Augen kam. Sie strich sich mit der Hand über die Stirne.

„Ja, ich will ich selbst sein", dachte sie, „ist das schwer oder leicht? Das Leben ist sicher anders, als man es sich träumt. Aber wie es auch sei, ich will es bejahen, das Leben ist ja auch mein Leben!"

Sie rief den Diener und ließ ihr Reitpferd satteln, indes sie sich umkleidete. Sie hatte Lust, in die Heide hinauszureiten, und als das Pferd unter ihr tanzte und der Sommerwind ihr durch die Haare pfiff, fühlte sie wieder die ganze sieghafte, frohe Kraft der Jugend, und die Rätsel des Daseins und die Geister von Irreloh blieben weit hinter ihr zurück. Sie ritt schnell und hielt erst an, als sie das Haus der Schatten aus der Ferne sehen konnte.

Drei Birken auf roter Heide standen vor ihr. Da scheute ihr Pferd und stieg. Sie hatte Mühe, es zu beruhigen, und klopfte dem Tiere den Hals.

„Du weißt doch nicht, was hier einmal geschehen ist?" sagte sie, „oder könnt ihr mehr sehen als wir, Hassan?"

Gab es denn überall Schatten auf den Wegen?

„Los, Hassan!" rief sie und jagte im Galopp die Straße wieder zurück, die Augen weit in die Ferne gerichtet. Dort wartet das Leben, das Glück, im Grenzenlosen — noch war sie jung, war schön und reich und trug einen Namen auf den Lippen und im Herzen!

Hassan lief, daß die Funken unter seinen Hufen aufsprangen.

Am Straßengraben saß Aron Mendel mit seiner Bürde. Ulla Uhlberg ritt vorüber und sah ihn nicht.

Ach, Ulla Uhlberg, wie viele jagen auf jungem Roß wie du und schaun mit trunkenen Augen der Sehnsucht in die Ferne hinaus! Ins Leben reiten sie, ins Leben! Ach, Ulla Uhlberg, so manche Ferne ist leer, und ihr reitet am Leben vorbei – das Leben sitzt still und ergeben am Straßenrand und schleppt seine mühsamen Lasten.

*

Veronika hatte Magister Mützchen den ganzen Nachmittag vermißt. Auch Mutzeputz wußte es nicht zu sagen, wo Mützchen geblieben war. Nun hüpfte er plötzlich ins Kinderzimmer und sprang Veronika auf den Schoß.

„Ich habe einen Ausflug gemacht", sagte er heiter, „ich bin in die Tasche von Onkel Johannes gekrochen und bin mit ihm zusammen in Irreloh gewesen. Ich bin sonst an das Haus der Schatten gebunden, mußt du wissen, und ich benötige irgendwo einen Anschluß, wenn ich einmal ausgehen will. Man möchte doch auch etwas anderes sehen und sich zerstreuen."

„Ich werde dich nächstens in meinem Beutel herumtragen", meinte Veronika, „zum Beispiel am Sonntag in die Kirche von Halmar. Ist es nicht sehr dunkel in der Tasche von Onkel Johannes?"

„Das tut nichts", sagte Magister Mützchen, „es ist dort immer noch behaglicher als in Irreloh. Das ist kein gutes Gebäude, Veronika, und solche Leute wie ich könnten da nicht gedeihen. Im Hause der Schatten ist es weit lichter und besser zu leben, trotz all seiner Schwellen und Stufen, und auch das

Bilderbuch der grauen Frau, obwohl es ja gar nicht nett ist, scheint mir immer noch angenehmer, als die roten Gesellen von Irreloh."

„Wer ist denn das", fragte Veronika, „das klingt so unheimlich."

„Huh", sagte Magister Mützchen, „es ist eine eklige Gesellschaft, sie hocken im alten Turm und hüten ein Feuer, das sie einmal anfachen wollen, wenn der rechte Sturm und die rechte Stunde von der See herüberkommt. Wer weiß, wann das sein wird? Ich möchte es nicht erleben."

„Sind das Gespenster?" fragte Veronika, und es gruselte sie ein wenig.

„Das sind sie nicht", meinte Magister Mützchen, „es ist schlimmer als das, denn man kann nicht mit ihnen reden. Es sind Reste von falschen Feuern, die sich zu Gebilden gestaltet haben. Es ist etwas Ähnliches wie das Bilderbuch der grauen Frau, nur ist es viel schrecklicher, weil es ein Eigenleben hat. Ich bin im alten Turm herumgekrochen und habe es mir genau von allen Seiten betrachtet. Drei rote Gesellen sind es, und sie sehen greulich aus. Ulla Uhlberg wird sich vor ihnen hüten müssen."

„Ich mag Tante Ulla eigentlich nicht", sagte Veronika zögernd.

„Warum nicht?" fragte Magister Mützchen und spitzte die Ohren, wie Zottel es tat, wenn ihm etwas nicht klar war.

„Warum?" meinte Veronika. „Das weiß ich nicht. Bloß so."

Magister Mützchen wackelte mit den Ohren. Er konnte das wundervoll, zu Veronikas steter Freude.

„Dann war es also gar nicht nett in Irreloh?" forschte Veronika weiter.

„Bevor ich im Turm war, war es sehr lustig", sagte Magister Mützchen und grinste unartig, „ich kroch aus der Tasche von Onkel Johannes und setzte mich auf die langen Rockschöße von Pastor Haller. Der Pastor sprach viel und schimpfte über den Aberglauben von Gespenstern und Männchen, gerade als ich auf ihm herumtanzte."

„Sah dich denn niemand?" fragte Veronika und lachte.

„Nur Onkel Johannes", erklärte Magister Mützchen, „und er sagte mir später, er würde mich nicht mehr mitnehmen, wenn ich so ungezogen wäre. Aber ich kann doch nichts dafür, wenn der Pastor Unsinn redet."

„Ich nehme dich nächstens in meinem Beutel mit", tröstete ihn Veronika.

*

Die Nacht sank über die grauen Mauern von Irreloh. Ulla Uhlberg schlief und träumte von Flammen, die sie verzehrten. Im Turm hockten die roten Gesellen von Irreloh und schürten ein flackerndes Feuer unter der Asche vergangener Zeiten. An die Fenster klopften schattenhafte, blasse Gestalten und forderten das Strandgut zurück, um das sie einst ihr Leben gelassen.

Ferne sang die See. Im Park riefen die Eulen.

6 DAS WUNDER DER KRÖTE

Es war einige Jahre später, als das Wunder der Kröte geschah. Doch es waren stille Jahre gewesen, die über das Haus der Schatten hingegangen waren, und es läßt sich nicht viel von ihnen berichten. Man könnte vielleicht schon manches vom äußeren Dasein sagen, so wie es die Menschen zu sehn pflegen im Gang ihres Alltags, aber es ist dieses ja eine Geschichte vom Leben hinter den Dingen, und wenn man es mit solchen Augen betrachtet, schaut man nur die seltenen Meilensteine, die den Seelen von unsichtbaren Händen gesetzt sind, und man liest nur ihre Zeichen und Zahlen, denn nur diese sind es, die wesentlich bleiben über die Zeit hinaus. Die Zeit ist nichts. Ein Tag kann viel sein und viele Jahre wenig. Nur wo die Wegweiser des Werdens stehn, ist etwas geschehen, was nicht vergänglich ist.

Die kleine Veronika war größer geworden, und sie hatte manches gelernt, was sie vorher nicht gewußt hatte. Sie war zwar nicht zur Schule gegangen, weil Doktor Gallus das nicht für richtig hielt und sie immer noch eine zarte Gesundheit hatte, aber ihre Mutter und Onkel Johannes hatten sie unterrichtet. Sie war sehr stolz darauf, daß sie nun einiges wußte von dem, was die Menschen Wissen nennen. Aber es ist auch wahr, daß sie dafür etwas vergessen hatte von dem, was sie früher gewußt. Die große Dämmerung, die zuerst über sie gekommen war im Garten der Geister, hatte sich weiter um sie gebreitet, und ihre Schatten verhüllten ihr manches, was ihr einstmals selbstverständliches Dasein war.

Auch die graue Frau sah Veronika nur noch selten, wenn sie durch die Zimmer im Hause der Schatten irrte und plötzlich in einer dunklen Ecke für Augenblicke auftauchte, um wieder rätselhaft zu verschwinden. Immer lächelte sie Veronika freundlich an, aber sie redete nur wenige Worte. Vielleicht auch verstand Veronika nicht mehr so deutlich wie damals ihre lautlose Sprache der Gedanken. Doch stets war sie um Veronika besorgt.

„Falle nicht, kleine Veronika", sagte sie öfters zu ihr. „Ich bin hier auch gefallen, es sind so viele Stufen und Schwellen im Hause der Schatten."

Veronika nickte dann und sah die graue Frau aus großen Augen an.

Nur einmal fragte sie: „Bist du noch nicht über die Schwelle gegangen, über die du gehen willst?"

Da hatte die graue Frau den Kopf geschüttelt und sehr traurig ausgesehn.

„Es muß erst hell werden in der Kirche zu Halmar", sagte sie.

Veronika fragte sie nicht wieder. Ihr schien das bedrückend und schwer verständlich, und sie war es zufrieden, daß sie die graue Frau nur noch selten sah.

Man muß nun nicht denken, daß die kleine Veronika so geworden wäre, wie die meisten Kinder werden, wenn sie ganz ins Diesseits hineingleiten wie die Erwachsenen. Veronika war eine sehr alte Seele und hatte zu viel erfahren auf den weiten Wanderungen früherer Leben, als daß sie alles hätte vergessen können. Sie konnte auch noch, wie immer, mit Mutzeputz und mit Zottel reden, und sie ließ sich auch nach wie vor von Magister Mützchen beraten. Sie nahm Magister Mützchen nun häufig in ihrem Beutel mit, besonders des Sonntags in die Kirche zu Halmar, und sie freute sich, wenn Mützchen den spaßhaften Kopf mit den wackelnden Ohren und dem roten Hut aus der Tasche hervorstreckte. Es war dies eine erfreuliche Abwechslung, wenn ihr Pastor Haller, wie meistens, ein wenig langweilig in seiner Predigt erschien. Es war auch lustig, zu denken, daß niemand sonst Magister Mützchen bemerkte.

In anderen Fällen ärgerte sie das freilich erheblich, zum Beispiel, wenn die Mädchen von Halmar Magister Mützchen nicht ernst nehmen wollten. Veronika hatte zwar keine eigentlichen Schulfreundinnen, weil sie die Schule in Halmar nicht besuchte, sie war jedoch auf den Wunsch der Mutter mit anderen Mädchen der Stadt bekannt geworden, und daß diese von Magister Mützchen nichts wissen wollten und ihn lachend für einen Ulk von Veronika erklärten, hatte sie sehr gekränkt. So war es zu keiner weiteren Annäherung gekommen, und das um so weniger, als die Mädchen von Halmar in Mutzeputz auch nur eine Katze sahen und in Zottel einen Hund, und keine Persönlichkeiten von Rang und Würde. Es war ein Gefühl von Einsamkeit, das Veronika dabei überkommen hatte, noch nicht so schmerzhaft deutlich natürlich, denn sie lebte ja im geborgenen Heim und war gewiß nicht allein. Doch es war erste Ahnung dessen, wie einsam die Menschen werden, die hinter die Dinge schaun, und wie fern sie den anderen Leuten rücken, die nur die laute Straße des äußeren Lebens gehn.

So zog sich Veronika etwas zurück, und nur der blöde Peter blieb immer ihr treuer Spielgefährte. Auch über Peter hatten die Mädchen gelacht, und Veronika konnte ihnen das nicht verzeihen. Man mochte vielleicht begreifen, daß andere Magister Mützchen nicht sahen – er war ja so dünn und durchsichtig, weil er nichts aß –, man konnte es unter Umständen verzeihlich finden, daß Fernerstehende Mutzeputz und Zottel nicht so hoch einschätzten, wie sie es bei näherer Bekanntschaft doch wohl fraglos getan hätten. Doch daß man über Peter lachen konnte, weil er manches schwer verstand, das fand sie roh, und sie stellte sich mutig vor den blöden Kameraden der Kindheit. Gewiß, die anderen wußten mehr, aber

Peter glaubte. War Glauben nicht auch eine Kraft und vielleicht die größere? Es ist wahr, die anderen Menschen verstanden es besser als Peter, was alle verstehen und was alltäglich ist, aber begriff nicht Peter alles, was sie ihm von Mutzeputz, von Zottel und Magister Mützchen erzählte oder vom Bilderbuch der grauen Frau? Tief innerlich erfaßte Veronika wieviel näher dem Sinne des Lebens der blöde Peter war, wie viel näher ihr selber, den Tieren und Blumen und einer anderen Welt, die wirklicher, größer und heller war als Halmar mit seinen engen Gassen und seinen dunklen Häusern.

Und der blöde Peter verehrte sie. War es nicht schön, verehrt zu werden? Sie verehrte ja auch jemand, zum Beispiel Mutzeputz und Onkel Johannes.

Die Vielen leben nach außen, die Wenigen leben nach innen, und so leben die Menschen sich auseinander, die sich finden und helfen sollten. Die Zeit ist wirr geworden, und die Seelen gehn aneinander vorbei. Ihr, die ihr heute atmet, denkt daran: Es ist eine Weltenwende gekommen, und die Wege scheiden sich. Sie führen steil in die Höhen des Lichts oder hinab in die Täler der Tiefe. Es ist nicht gut, wie es ist, und die Erde ist allzu dunkel geworden. So dunkel war sie vielleicht noch nie. Ihr, die ihr heute atmet, denkt an der Menschheit Jugendland und lernt es wieder suchen und finden. Durchlichtet die Häuser der Schatten, daß ihr wieder in Tempeln und hellen Hütten wohnt, wie einstmals an einem ersten Morgen. Es ist der Geist der Pfingsten, der euch ruft und den ihr vergessen habt. Pfingsten ist wieder nahegekommen – wollt ihr es nicht begreifen?

Es war auch wenige Tage vor Pfingsten, als das Wunder der Kröte geschah, von dem ich erzählen muß, weil es ein neuer Meilenstein wurde mit goldenen Lettern und Zeichen im Leben der kleinen Veronika.

Es war gegen Abend, und die Sonne neigte sich. Johannes

Wanderer und Peter arbeiteten im Garten an einem Blumenbeet, und Veronika half ihnen ein wenig lässig dabei. Sie war heute nicht dazu aufgelegt, viel zu tun, es war eine sonderbare Müdigkeit in ihr. Doch diese war nur körperlich, im Geiste erschien ihr alles lebendiger als sonst, und ihr war es, als sei sie losgelöst von der Erde und als ginge sie irgendwie im Garten spazieren, während sie doch tatsächlich bei Onkel Johannes und Peter am Blumenbeet saß und die Samenkörner nachdenklich durch ihre Finger rieseln ließ. Vielleicht war es der Geist der Pfingsten, der heute alles um sie herum durchsichtiger und klarer machte und der sie wieder so seltsame Stimmen hören ließ, die ihr bekannt und vertraut klangen, als hätten sie schon einmal zu ihr geredet an einem fernen Tag. War es heute nicht wieder, als wäre der Garten ein Garten der Geister? Und wann war das zuletzt gewesen? Sie wußte es selbst nicht mehr. Doch so wie sie jetzt empfand, schien es ihr ein Aufwachen und Sicherinnern zu sein.

„Onkel Johannes", sagte Veronika, „es redet so viel in Gedanken auf mich ein. Ich habe lange nicht solche Stimmen im Garten gehört wie heute."

„Alles, was ist, ist ein Gedanke", sagte Johannes Wanderer, „und alle Gedanken reden und bilden sich Gestalten im Stoff, gute und böse. Es ist um Pfingsten, Veronika, und der Geist ist stärker in allem Leben als sonst. Darum merkst du es deutlicher, was die Bäume flüstern und die Blumen in ihren Kelchen bergen. Auch die Tiere ahnen die Feiertage der Welt. Siehst du nicht auch, daß Magister Mützchens roter Hut besonders leuchtet und daß Mutzeputz und Zottel froher sind als im Alltag?"

Wahrhaftig, Magister Mützchens Hut glänzte auffallend in der Sonne. Mützchen stelzte vorsichtig und gravitätisch an einem Radieschenbeet vorbei, und es kam Veronika vor, als wenn die Radieschen über ihn lachten.

„Ärgere dich nicht, Mützchen", rief sie ihm zu, „die Radieschen sind immer ein bißchen vorlaut und bissig."

Magister Mützchen tat, als berühre ihn das alles gar nicht. Was gingen ihn die Radieschen an? Dazu war er viel zu großartig.

„Sieh einmal, Veronika", meinte Johannes Wanderer, „wenn ich ein Samenkorn in die Erde stecke, so wächst es und wird immer größer, es bildet Stengel, Blätter und Knospen und eine Blüte, die wieder viele neue Samenkörner birgt. Das alles ist jetzt schon im Samenkorn enthalten, es ist der Gedanke der Blume, der sich im Stoff bildet, und so ist alles, was lebt, ein Gedanke Gottes und bleibt ein solcher Gedanke, wenn auch der Stoff in seinen einzelnen Formen zerfällt. Das Gedankenwesen allein ist wirklich in allem, und was es bildet, ist nur sein wechselnder Ausdruck. Ist dir das klar?"

„Ja", sagte Veronika, „aber sind auch unsere Gedanken wieder wirklich und bilden auch sie Gestalten um uns herum?"

„Gewiß, Veronika, und darum ist es so wichtig, gute und richtige Gedanken zu haben. Ein jeder Mensch schafft sich seine geistige Umgebung. Bei vielen sieht sie wahrhaftig nicht schön aus, und die dunklen Kräfte, die diesen Gebilden verwandt sind, hängen sich an sie an. Ein guter Gedanke aber schützt nicht nur dich selbst und hilft deinem Wesen ins Licht zu wachsen, er ist auch sonst eine Macht, die weiter hinausreicht. Durch jeden Gedanken der Güte wird ein unguter Mensch besser, ein wildes Tier weniger reißend und eine giftige Pflanze weniger gefährlich. Es sind Aufstieg und Niedergang in allem miteinander verwoben, und die ganze Schöpfung, die in das Dunkel herabsank, strebt gemeinsam hinauf zum Licht und sehnt sich nach Erkennen und nach Erlösung. Es ist ja auch alles, was hier geschieht, und mag es äußerlich noch so greifbar sein, von einem Gedanken ausgegangen.

Bald ist Pfingsten, Veronika, und es wird wieder ein Stück der Erde vergeistigt."

Der blöde Peter hörte zu und sagte kein Wort. Er mußte alles, was er hörte, sehr langsam in sich aufnehmen und verarbeiten. Doch er pflanzte andächtig ein Samenkorn neben das andere.

Mutzeputz und Zottel spielten auf einem Gartenweg. Dazwischen ohrfeigte Mutzeputz Zottel mit einer Samtpfote.

„Bitte, seid vorsichtig", sagte Veronika zu ihnen, „mir ist es so, als könnten hier in der Nähe die Käfer ihre Landhäuser haben. Ich habe das, glaube ich, einmal gesehen."

„Natürlich sahst du das", meinte Mutzeputz und sprang mit einem Satz über Zottels Rücken hinweg, „aber es ist wahrhaftig nicht der Rede wert gewesen. Doch wir wollen einige Rücksicht nehmen, weil du es gerne haben willst und weil es gerade Pfingsten ist."

„Weißt du das auch?" fragte Veronika.

„Was weiß ich nicht?" meinte Mutzeputz großartig.

„Ja, das ist wahr", sagte Veronika voller Bewunderung.

Ein Igel raschelte im Gebüsch, man sah nur schnell etwas Stacheliges verschwinden. Zottel setzte ihm nach, doch Veronika rief ihn zurück.

„Es ist brav von dir, Veronika", sagte die Igelstimme, „daß du Zottel gerufen hast. Wir können es nicht leiden, in so gewöhnlicher Weise angebellt zu werden. Ich will es dir auch nicht nachtragen, daß du einmal meine Kinder Kugeln genannt hast."

Veronika dachte nach. Wann war das nur gewesen? Wann hatte sie das gesagt? Es war ihr, als ob ein Schleier langsam durchsichtiger würde und unklar durch ihn hindurch ein Bild sich forme, das sie einmal geschaut.

„Ich habe mich früher sehr abfällig über Mutzeputz geäußert", rief eine Amsel vom Baum der kleinen Veronika zu,

„wir sind darüber beinahe auseinander gekommen. Ich will nicht sagen, daß ich meine Ansichten ganz zurücknehmen kann, aber ich muß doch anerkennen, daß Mutzeputz das Asylrecht gewahrt hat, wenn du uns im Winter an deinem Fenster gefüttert hast. Wir danken auch verbindlich für die Beköstigung. Es war gut und reichlich, und ich habe dich weiterempfohlen. Einige Körner erschienen mir dazwischen etwas hart. Es mag dies jedoch an der Ernte gelegen haben. Ich will nicht behaupten, daß es die Schuld deiner Speiseanstalt war."

„Was für sonderbare Dinge man heute hört", dachte Veronika, „und alles scheint so viel friedlicher und versöhnlicher gestimmt. Ist das auch etwas vom Geist der Pfingsten, der in der Natur redet?"

Veronika sann darüber nach.

„Onkel Johannes", meinte sie, „es scheint wirklich so, daß alle es fühlen, als ob ein Feiertag nahe ist."

„Es ist die Ahnung davon, daß einmal die ganze Welt Frieden und Feiertag haben soll", sagte Johannes Wanderer, „dafür leben und schaffen wir, Veronika."

Jetzt sah Veronika, wie sich Magister Mützchen mit einem bunten Schmetterling unterhielt. Der Falter wippte mit den Flügeln, und Magister Mützchen wackelte mit den Ohren und machte immer wieder seltsame Verbeugungen. Wie komisch das aussah! Aber nein, es war doch kein Schmetterling, es war eine feine, durchlichtete Gestalt mit Falterschwingen. Hatte sie diesen kleinen Luftgeist nicht schon einmal gesehn? Wahrhaftig, er nickte ihr zu. Und nun flog er auf, die farbigen Flügel in den blauen Äther gebreitet.

Über allem lag eine große, durchsonnte Stille. Nur ferne standen schwarze Wolken, und Wetterleuchten blitzte in ihnen auf.

Es war Friede. Aber der Kampf lauerte in ihm.

Eine rauhe Stimme schreckte Veronika auf.

„Warte du scheußliches Tier, ich werde dich totschlagen!"

Veronika fuhr herum. Auch Johannes Wanderer und Peter sahen eilig von ihrer Arbeit auf. Nahe von ihnen stand der Gartenknecht Eriksen aus Halmar und hatte drohend seine Hacke erhoben. Veronika stürzte auf ihn zu. Sie kam gerade noch rechtzeitig, um eine große Kröte, die mühsam über den Boden kroch, vor Eriksens Schlag zu bewahren. Veronika stieg das Blut ins Gesicht.

„Laß die Kröte in Ruh!" rief sie wütend.

„Das geht dich nichts an", sagte Eriksen ärgerlich, aber er ließ die Hacke sinken.

Er konnte auch nicht zuschlagen. Veronika stand vor der Kröte und schützte sie.

Nun kamen auch Johannes Wanderer und Peter hinzu.

„Lassen Sie die Kröte laufen, Eriksen", sagte Johannes Wanderer ruhig, „Veronika hat recht. Die Kröte tut niemand etwas."

„Sie ist ekelhaft, und ich habe heute sowieso eine Wut auf alles."

Man merkte es Eriksen an, daß er getrunken hatte.

„Die Kröte ist nicht ekelhaft", sagte Johannes Wanderer, „ihre Augen sind sogar sehr schön. Wir werden es jedenfalls nicht dulden, daß Sie der Kröte etwas tun."

Die Kröte kroch nicht mehr weiter. Sie blieb am Boden sitzen und atmete hastig. War sie erschöpft vom Schreck oder ahnte sie, daß sie geborgen war? Vielleicht war es beides.

„Ich kann das Ungeziefer totschlagen, wenn ich will!" schrie Eriksen erregt.

„Sie haben Ihre Gartenarbeit zu tun, sonst nichts", meinte Johannes Wanderer, „zum Totschlagen von Tieren nehmen wir niemand in unseren Garten."

„Dann kann ich also gehn?"

„Wie Sie wollen", sagte Johannes Wanderer, „aber es wäre mir lieber, wenn Sie einsehn wollten, daß Sie unrecht haben. Die Kröte ist auch ein Geschöpf wie wir alle. Sie will auch leben."

Veronika war zurückgetreten, und beide Männer standen sich dicht gegenüber. Es war etwas Drohendes in ihrer Haltung.

„Schau gut hin, Veronika", sagte eine leise, feine Stimme aus dem Baum hervor, „du wolltest ja einmal die großen Gestalten sehen, die hinter den Erdmännchen stehen, wenn sie sich zanken. Du hast Leben geschützt, Veronika, und nun hast du etwas von den Augen der Tiefe bekommen. Schau hin, Veronika, das ist der Kampfplatz von Licht und Dunkel, es geht um mehr, als um eine arme, geängstigte Kröte, es geht um die Erlösung der Welt, um Schneewittchens Erwachen im gläsernen Sarge."

Wahrhaftig, das war die Elfe im Baum, und nun schaute Veronika hin. Was sie sah, war groß und war grauenvoll zugleich. Auch Magister Mützchen, Mutzeputz und Zottel sahen offenbar dasselbe, denn Mützchens dünne Beine zitterten, Mutzeputz fauchte und Zottels Fell sträubte sich.

Johannes Wanderer und Eriksen redeten kein Wort. Doch es war ein erbitterter Kampf zwischen ihnen. Veronika sah es deutlich. Es waren die Augen der Tiefe, mit denen sie es schaute. Beide Männer führten Waffen, aber sie waren nicht körperlich. Eriksen hatte einen plumpen Streitkolben in der Hand und Johannes ein Schwert, und er war von Kopf bis zu Fuß in eine silberne Rüstung geschlossen. Auf seinem Helm war ein Kreuz. Das hatte Veronika noch niemals an ihm gesehen. Und beide waren sie nicht allein. Hinter Eriksen standen viele dunkle, schreckliche Gestalten, die ähnlich bewaffnet waren wie er und die ihn vorwärts drängten. Zur Seite von Johannes aber standen lauter silbergepanzerte Ritter mit gezogenem Schwert. Ihnen folgten andere, die noch weit glanzvollere Rüstungen trugen. Zwischen beiden Heerlagern hockte angstvoll und hilflos die Kröte.

Die schwarzen Wolken der Ferne waren näher gekommen, ein grellblauer Blitz flammte auf, und der Donner grollte drohend.

Veronika erschauerte. Sie hatte etwas vom großen Kampf der Geister in dieser und jener Welt begriffen.

Jetzt trat Johannes Wanderer einen Schritt vor, und Eriksen und die dunklen Gestalten wichen zurück.

Langsam löste sich das Bild auf.

„Warum soll ich andere leben lassen?" sagte Eriksen verbissen, „mein Kind ist krank, und Gott hilft ihm auch nicht."

„Ich wußte das nicht", erwiderte Johannes Wanderer, und es war, als drängte er ihn langsam Schritt um Schritt von den dunklen Gestalten hinweg. „Es tut mir sehr leid, daß Ihr Kind krank ist, ich will kommen und nach ihm sehn. Aber glauben Sie, Gott wird ihm eher helfen, wenn Sie Leben vernichten, statt es zu achten?"

Eriksen besann sich lange.

„Vielleicht haben Sie recht", sagte er, legte die Hacke hin und ging zum Garten hinaus.

Die anderen schwiegen und machten sich wieder an ihre Arbeit. Die schwarzen Wolken verzogen sich, und nur in weiter Ferne grollte der Donner. Der Abend sank herab, und die Sonne ging glutvoll und leuchtend unter.

Veronika stand lange wortlos da und staunte mit großen Augen ins Licht.

„Onkel Johannes", sagte sie leise, „mir ist, als ob ich in den roten Wolken eine Burg sehe, mit hohen Türmen und Zinnen."

Da legte Johannes Wanderer sein Arbeitsgerät beiseite.

„Du siehst das heute zum ersten Male, weil du Leben geschützt hast", sagte er feierlich. „Behalte das Bild von dieser

Burg in deiner Seele, Veronika. Das, was du siehst, ist Montsalvat."

Veronika faltete unwillkürlich die Hände.

„Ich glaube, ich habe diesen Namen schon einmal gehört", sagte sie ergriffen.

„Du hast ihn gehört und wirst ihn wieder hören, Veronika."

Mutzeputz und Zottel saßen reglos. Magister Mützchen hatte den spitzen roten Hut abgenommen, was er sehr selten tat, und der blöde Peter starrte andächtig und hilflos in den Glanz.

„Kannst du es auch sehen, Peter?" flüsterte Veronika.

Der arme Blöde schüttelte traurig den Kopf.

„Ich sehe nichts, aber ich glaube es", sagte er ergeben, doch es war dieses Mal viel innerer Jammer in seiner Stimme.

Johannes Wanderer neigte sich tief zu ihm hinab.

„Du mußt nicht traurig sein, Peter", sagte er, „wenn du es nicht sehn kannst. Du glaubst es ja und du mußt denken, Gott läßt dich darum so vieles noch nicht sehen, weil er eine besondere Freude hat an deinem großen Glauben."

Da ging ein Lächeln über das Gesicht des Blöden, und es war ein unendlicher Friede in ihm.

Noch eine Weile schauten sie in den Glanz der Sonne. Dann sammelten sie still ihr Arbeitsgerät und gingen dem Haus der Schatten zu.

„Onkel Johannes", sagte Veronika, „ich habe heute gesehn, daß du eine silberne Rüstung trugst, und hinter dir waren noch viele andere. Kommen die alle von Montsalvat?"

„Ja, Veronika", sagte Johannes Wanderer, „es ist ein schwerer Kampf auf dieser Erde, bis sie einmal durchlichtet und durchsonnt ist."

„Die silberne Rüstung ist schön", meinte Veronika.

„Und doch sind es nur bescheidene Streiter, die sie tragen", sagte Johannes Wanderer, „es stehen viel größere Ritter hinter ihnen, aber diese steigen nur selten zu einer irdischen Wanderung hinab. Wir hier sind irrende Menschen, und wir tragen die Rüstung auch nur, wenn wir den Schild halten über denen, die wehrlos sind. Es ist dies etwas von der Sendung des Grals."

„Ich möchte auch solch eine silberne Rüstung tragen", sagte Veronika.

„Es ist wohl darum, damit du dieses wünscht, daß Gott dich wieder auf die Erde geschickt hat", sagte Johannes Wanderer.

Die Sonne sank. Von ferne läuteten die Glocken von Halmar Feierabend.

Pfingsten war nahe herangekommen.

*

Am anderen Morgen ging Johannes Wanderer nach Halmar hinaus, um Eriksen zu besuchen und nach seinem kranken Kinde zu sehn. Eriksen kam ihm schon an der Türe entgegen.

„Ich möchte Sie wegen gestern um Verzeihung bitten, Herr Johannes", sagte er etwas mühsam, „ich hatte auch unrecht, aber mir war es, als ob jemand hinter mir stünde, der stärker war als ich. Der Mensch ist schwach, Herr Johannes, man weiß oft nicht, was man tut oder redet."

„Gewiß, Eriksen, das verstehe ich. Es freut mich auch sehr, daß Sie heute anders denken. Wir wollen das nun vergessen. Ich komme auch nur, um nach Ihrem kranken Kinde zu sehn."

„Mein Kind ist gesund", sagte Eriksen.

Er war sehr blaß, und seine Stimme zitterte merklich.

„Es ist so gewesen, Herr Johannes", erklärte er weiter, „daß es in der Nacht ganz plötzlich besser geworden ist. Das Fieber hörte auf, und als das Kind erwachte, erzählte es mir – Herr Johannes, man muß es schon glauben, wenn das Kind es selber gesagt hat –, es hat geträumt, eine große Kröte sei zu ihm gekommen und habe es ganz gesund gemacht. Das Kind lachte und freute sich, aber ich habe nicht lachen können, Herr Johannes. Es hat mich etwas in der Kehle gewürgt, als ich das hörte. Es ist ein Wunder, Herr Johannes, und ich habe das nicht verdient."

„Es gibt viel Geheimnisvolles im Geschehen, Eriksen, wollen wir dankbar dafür sein, auch ohne alles zu begreifen."

„Ich bin, weiß Gott, dankbar", sagte Eriksen, „aber glauben Sie wirklich, daß diese Kröte mein Kind geheilt hat? Solch ein armes, schwaches Geschöpf, und doch muß es irgendwie seine Richtigkeit damit haben."

„Sie müssen sich denken, daß alle Kröten von einem gemeinsamen Geist belebt sind, und daß dieser Geist stark sein muß, können Sie sich wohl vorstellen. Er steht der einzelnen Kröte so nahe, als er selber Gott nahe ist, denn Gott ist in ihm und in der angstvollen Kröte von gestern."

„Wir sind schwache und unwissende Menschen, Herr Johannes, aber so schlecht sind wir nicht, daß wir nicht an Gott und an Wunder glaubten. Dies ist ein Wunder. Gott sei es gedankt, daß ich es erlebt habe. Das Leben ist hart und schwer – was wäre es, wenn keine Wunder geschehen würden? Ich will auch allen Leuten in Halmar vom Wunder der Kröte erzählen. Ich weiß es, daß sie mir glauben werden, denn die Menschen in Halmar wissen wenig, aber sie glauben viel. Nur Pastor Haller glaubt nicht an Wunder. Er sagt, das wären bloß so Geschichten, und die Hauptsache sei, daß wir Christus nachleben. Aber wir wollen an Wunder glauben, Herr Johannes, für uns sind all die modernen Sachen nichts. Mit ihnen können wir nicht durchs Leben kommen. Wir wollen es auch schon lange dem Pastor sagen, daß wir sein neues Zeug nicht in Halmar brauchen können. Ja, gewiß, gerade jetzt werden wir ihm das sagen, und ich zuerst, der ich das Wunder der Kröte erlebt habe."

Eriksen hatte sich in Eifer gesprochen, und es war schon

richtig, daß die Stimme von Halmar aus ihm redete. Johannes Wanderer wußte das gut.

„Sie haben ja recht, Eriksen", sagte er freundlich, „aber wollen Sie nicht ein wenig geduldiger sein und warten, bis der Pastor von Halmar selber ein Wunder erlebt? Ich kann mir denken, daß es so besser und friedlicher wäre."

„Ich will sehen, was er zu dem Wunder der Kröte sagt", meinte Eriksen hartnäckig.

Johannes Wanderer ging, und Eriksen erzählte allen Leuten in Halmar vom Wunder der Kröte. Die Menschen glaubten ihm, und seit diesem Tage hatten die Tiere in Halmar es besser als zuvor.

So wirkte das Wunder der Kröte weiter, wie ein jeder Gedanke der Güte.

Johannes Wanderer hatte Veronika vom Wunder der Kröte berichtet, ruhig und mit sehr einfachen Worten. Veronika fand es ohne weiteres verständlich. Sie selber hatte auch sehr Seltsames in der gleichen Nacht erlebt. Sie hatte lange nicht schlafen können und schaute mit innerlich wachen Augen ins Weite. Draußen war das Gewitter wieder herangezogen, der Donner rollte, und blaue Blitze flammten in den dunklen, drohenden Wolken auf. Da sah Veronika, wie die Pfingstsonne durch die kämpfende Finsternis hindurchschien und eine goldene Märchenkrone auf den Kopf der Kröte malte.

Noch mehr als das schaute Veronika. Sie sah, wie Schneewittchen im gläsernen Sarge die Augen aufschlug und lächelte – und sie hörte in Sturm und Donner das Klirren von Waffen. Dort standen die Streiter von Montsalvat. Und Veronika war es, als habe der Gral auch sie zu seiner Fahne gerufen.

7 DIE TOTEN IN DER KIRCHE ZU HALMAR

Es ist dies eine Geschichte von dieser und jener Welt, und darum muß ich auch von den Toten in der Kirche zu Halmar erzählen. Denn es ist ja so, daß die Toten nicht erloschen sind, wie viele es meinen in einer Zeit, die geistferne geworden ist, wie kaum jemals eine andere vor uns. Die Toten leben weiter in ihrem ganzen Wesen und wechseln nur ein grobes Gewand gegen ein feineres, und die Welt, in die sie durch das verhangene Tor eintreten, ist weit wirklicher als die Welt des Scheins, in der wir hier auf dieser Erde atmen. Es ist auch nicht so, daß die beiden Welten getrennt sind durch eine unübersteigbare Mauer. Es ist nur ein dünner Schleier, der zwischen ihnen hängt, und er lichtet sich weit häufiger, als die Menschen von heute es glauben, und es gibt viele Augenblicke, in welchen diese und jene Welt ineinander übergehen, so daß man nicht sagen kann, ob man hier oder drüben ist.

Denn die Toten bauen mit am Bau der Erde, und sie wünschen es so sehr, daß die Lebenden wieder Hand in Hand mit ihnen schaffen, wie es in vergangenen Tagen der Menschheit war. Ist nicht eine Ahnung, die wir haben, oft der Gedanke eines Toten, und ein Gefühl, das uns überkommt, Wunsch und Wille verwandter Geister? Die Toten helfen uns, und wir sollen ihnen helfen. Geschähe das nicht, die Erde würde veröden und der Spielball dunkler Gewalten sein. Aber sie soll ja durchlichtet werden mit allem, was auf ihr lebt, zu einem ewigen Frieden und zu einem Sonntag der Welt. Es ist lange bis dahin, und heute ist Werktag, und der Feiertag ist noch weit.

Ihr, die ihr heute atmet, denkt daran und leugnet die Toten

nicht, die neben euch stehn. Es sind auch die Toten so vielfältig wie die Lebenden, es sind lichte und dunkle unter ihnen, und sie schaffen mit euch an euren lichten und dunklen Werken. Darum sorgt, daß eure Worte und Werke durchlichtet sind, denn was ihr redet und wirkt, ist für diese und jene Welt, für die Lebenden und für die Toten und für den Bau der ganzen Welt. Es gibt so viele Tote, die euch helfen wollen – seht nicht an ihnen vorbei. Es gibt auch so viele Tote, die eure Hilfe brauchen – versagt sie ihnen nicht. Es wandeln manche Tote hoch über euch auf den Höhen, es wohnen aber noch viele in den Tälern der Tiefe, und es sind auch solche, die nicht über die Schwelle gehn können, weil es dunkel um sie ist und sie die andere Welt nicht erfassen. Sie irren durch eure Häuser der Schatten und suchen in euren Kirchen. Aber sie finden heute wenig genug an Licht, denn es ist sehr finster geworden auf der Erde um diese Zeit der Wende.

Denkt daran, ihr, die ihr heute atmet, laßt eure Hütten und Tempel wieder hell werden für Lebende und für Tote, damit sich die Welten vereinigen zu der Menschheit Jugendland. Seht ihr es nicht selbst, wie dunkel es um euch geworden ist? Irrt nicht auch die graue Frau durch die Zimmer im Hause der Schatten, Jahr um Jahr, und suchen nicht viele andere Tote in den engen Gassen von Halmar und horchen auf die Glocken, wenn sie zum Sonntag läuten? Aber es ist kein Feiertag mehr bei euch, und es ist auch dunkel in der Kirche zu Halmar.

Zündet die Lichter an! Es harren so viele darauf, daß es hell wird. Lebende und Tote rufen danach, Menschen, Tiere und alles, was Dasein hat, sehnt sich nach Licht und Erlösung. Die Stunden, die euch heute schlagen, sind Schicksalsstunden der Welt, es ist viel Licht nötig, denn es ist allzu finster geworden. Ich muß euch das sagen, und ich muß es versuchen, euch Licht um Licht zu entzünden, damit ihr es richtig versteht, wenn ich euch von den Toten in der Kirche zu Halmar erzähle. Ihr werdet vielleicht denken, das seien alte Geschichten, und wer weiß, ob sie wahr sind – aber glaubt es mir, es sind Geschichten, die jeden Tag wieder neu werden können. Denn die Toten stehen neben euch.

*

Es war eine seit Jahren beachtete Gewohnheit, daß im Hause der Schatten der Geburtstag von Tante Mariechen sehr feierlich begangen wurde und sich Freunde und Bekannte bei ihr versammelten, denn sie war die Älteste von allen und stand dem vor, was häuslich war im Sinne der Menschen von heute. Tante Mariechen betrachtete diesen Festtag auch stets mit besonderer Wichtigkeit. Sie buk gewaltige Berge von Kuchen, damit nicht einer ihrer Gäste unterernährt wieder von ihr ginge, und es war dies auch niemals geschehen, solange man sich überhaupt besinnen konnte.

Peter und Zottel erschienen als erste Gäste, aber sie blieben meistens im Kinderzimmer, weil Peter nicht gerne unter ihm fremden Menschen war. Es waren heute schon viele gekommen und wieder gegangen. Jetzt saßen im großen Saal, der an das grüne Zimmer grenzte, Ulla Uhlberg neben Johannes Wanderer, Pastor Haller mit seiner Frau und Doktor Gallus. Regine war zurückhaltend wie immer, Tante Mariechen ein wenig aufgeregt, und Veronika teilte ihre Anwesenheit zwischen den Gästen und dem blöden Peter im Kinderzimmer. Magister Mützchen folgte ihr stets getreulich, während Mutzeputz nur dazwischen, unzufrieden mit den zahlreichen Störungen seiner Ruhe, ins Vorzimmer guckte, wenn ein neuer Gast erschien. Er liebte Lärm und Bewegung im Hause nicht und sah unverkennbar mißbilligend aus.

Auch Pastor Haller war heute verstimmt, obschon er sonst keine Beziehung zu Mutzeputz hatte. Im Gegenteil, die philosophische Beschaulichkeit, die Mutzeputz in reichstem Maße besaß, fehlte Pastor Haller gänzlich, und heute mehr denn je, denn er ereiferte sich über das angebliche Krötenwunder, mit dem ihm Eriksen offenbar sehr heftig zugesetzt hatte.

„Es ist ausgeschlossen, daß ich sozusagen von kirchlicher Seite einen solchen Aberglauben gutheißen kann. Ich kann ihn dulden, vielleicht darüber wegsehen, aber Eriksen verlangte ja geradezu von mir eine Anerkennung seiner verstiegenen Wundertheorien und, was das schlimmste ist, er steckt die Leute von Halmar, die sowieso schon zu solchen dunklen Geschichten neigen, an."

„Mir ist es nicht unlieb, wenn die Kröten ordinieren", meinte Doktor Gallus, gleichgültig gegen des Pfarrers gekränkten Eifer, „ich habe dann eine Vertretung, wenn ich mich einmal zurückziehe. Also."

„Die Kröte soll nicht ordiniert haben, Herr Doktor", warf Johannes Wanderer ein, „es wird nur behauptet, daß sie geheilt habe. Sie müssen gerecht sein und zugeben, daß es zweierlei ist. Warum soll eine Kröte nicht heilen, ohne zu ordinieren? Es gibt ja auch Ärzte, die ordinieren, ohne zu heilen."

Doktor Gallus schnappte schnabelähnlich mit der Kinnlade.

„Bei Ihnen weiß man nie, ob Sie mehr gutmütig oder bissig sind, ganz wie mein Papagei."

„Ich habe nichts Boshaftes damit sagen wollen, Herr Doktor", meinte Johannes Wanderer, „vor allem nichts gegen Sie. Daß Sie geheilt haben, weiß ich, und mit welcher Liebe Sie den armen Peter behandelten, als er krank war, werde ich nicht vergessen. Wollen wir vom Ordinieren einmal absehn. Glauben Sie zum Beispiel nicht, daß Sie auch eine Kraft in Wirkung setzen, wenn Sie mit Ihrer ganzen Anteilnahme einem Kranken behilflich sind, wenn Sie Mühe und Unbequemlichkeiten überwinden, die Ihnen oft vielleicht ein recht fühlbares Opfer sind? Sie sind nicht mehr der Jüngste, und doch sind Sie Tag und

Nacht in Bereitschaft. Denken Sie nicht, daß solch eine Kraft auch Hilfe und Heilung in sich tragen kann, oft mehr als eine Ordination? Heilen ist eine Kunst und als solche spirituell, nicht mechanisch, wie eine heutige medizinische Dekadenz glaubt. Ist Ihre Kunst aber unwägbar, kann es dann nicht auch einmal andere unwägbare Kräfte geben, die sich irgendwie mit einer armen verfolgten Kröte verbinden? Zudem soll das im Schlaf geschehen sein. Wo sind wir, wenn wir schlafen? Der Schlaf ist eine andere Welt. Die Wissenschaft weiß nichts von ihm, und doch ist er fast unser halbes Leben."

„Vielleicht haben Sie recht", sagte Doktor Gallus, „wir wissen alle wenig, und wir kennen auch die Kraft nicht, die heilt. Ganz kann ich Ihnen freilich nicht folgen, aber ich verstehe auch nicht alles, was mein Papagei sagt. Sie erinnern mich also doch an meinen Papagei, Herr Johannes."

„Das gleiche sagen manche von Ihnen selbst Herr Doktor", meinte Johannes Wanderer, „mir persönlich ist auch dieser Vergleich in keiner Weise unangenehm. Ich habe Ihren Papagei sehr gerne."

„So?" schnappte Doktor Gallus, „sagen die Leute das? Recht haben sie. Mein Papagei ist klüger, als alle Leute von Halmar zusammengenommen. Aber jetzt muß ich gehn, meine Kranken rufen mich. Es tut mir leid, aber das sind die unwägbaren Kräfte, mit denen ich rechnen muß. Wollen wir hoffen, daß sie sich in heilende Kräfte umsetzen."

Doktor Gallus verabschiedete sich, und Johannes Wanderer begleitete ihn hinaus.

„Dieser Pastor Haller mit seiner Moralgrammatik ist ein Kamel", knurrte Doktor Gallus bösartig, „er soll doch froh sein, daß die Leute hier noch an Wunder glauben, denn wenn sich Halmar an ihn gewöhnen soll, so kann das auch nur durch ein Wunder geschehen."

„Er ordiniert eben, ohne zu heilen", sagte Johannes Wanderer, „das ist heute üblich, weil man die unwägbaren Kräfte nicht mehr kennt."

Doktor Gallus wollte gerne noch eine bissige Bemerkung machen, aber er stieß in der Türe mit Baron Bombe zusammen und empfahl sich eiligst.

Baron Bombes ganzes Wesen war derb und ländlich. Er warf einen abweisenden Blick auf Mutzeputz, der ihm seinerseits sofort den Rücken kehrte und sich zurückzog. Laute Leute waren seinem Kulturempfinden ekelhaft. Baron Bombe trat in den Saal und begrüßte alle strahlend. Seine kleinen himmelblauen Augen hatten Ulla Uhlberg entdeckt, für die er eine jedem sichtbare Liebe zur Schau trug.

„Gut, daß mir die Katze draußen nicht über den Weg gelaufen ist. Ich kann Katzen nicht leiden. Hunde und Pferde sind etwas anderes. Ich bin für die Kraft. Sie nicht auch, mein gnädiges Fräulein?"

Baron Bombe sprach bellend, wie es oft primitive Leute mit starkem Selbstgefühl tun.

„Er hat Mutzeputz beleidigt", sagte Veronika, „ich werde ihm nicht guten Tag sagen."

„Veronika", flüsterte die Mutter ihr zu, „sei vernünftig, bitte, sonst mußt du hinaus."

Veronika zog sich in eine Ecke zurück, und glücklicherweise bemerkte Baron Bombe sie gar nicht.

„Ich kann mich nur für die Kraft erwärmen, die fein und geschliffen ist", meinte Ulla Uhlberg abwehrend, „darum liebe ich Katzen und kultivierte Menschen."

Veronika vergaß in diesem Augenblick, daß sie Ulla Uhlberg sonst eigentlich nicht sehr gern hatte. Baron Bombe verstand seine Abfuhr nur undeutlich, er lachte meckernd und etwas verlegen. Tante Mariechen schenkte ihm Kaffee ein und versorgte ihn so ausgiebig mit Kuchen, daß er noch lange davon hätte leben können.

„Wir sprachen gerade von den Leuten in Halmar und ihrem Aberglauben", äußerte Regine vermittelnd, um das gefährliche Gespräch über die Kultur von Katzen und Menschen in andere Bahnen zu lenken. Das Wunder der Kröte erschien ihr auch keineswegs abgeschlossen. Sie neigte dazu, es nicht in der Weise gelten zu lassen, wie Johannes es tat. Klar war es ihr freilich auch nicht, und sie schwankte, wie meist, in ihrer Meinung.

„Aberglauben? Großartig!" rief Baron Bombe, „hier glauben die Leute alles, was man will. Eine ideale Pfarre für Sie, Herr Pastor, nicht wahr?"

Baron Bombe sah Pastor Haller mit herzlichem Wohlwollen an.

„Das nun gerade nicht", meinte Pastor Haller mit gekniffener Miene, „ich kann mich durchaus nicht mit der Gesinnung der Leute hier abfinden, und ich denke ernstlich daran, mich in eine große Stadt versetzen zu lassen, wo man zeitgemäßer empfindet."

„Ach", sagte Baron Bombe, „es ist doch reizend hier."

„Es ist auch eine Gegenströmung gegen meinen Mann in Halmar", ergänzte Frau Haller bedrückt.

„Ja", sagte Pastor Haller gereizt, „man will mich morgen in dieser Sache besuchen, eine Art Kirchenrat, vermute ich. Aber ich denke nicht daran, den Leuten ihren Unsinn auch noch zu sanktionieren. Ich will ihnen einfach erklären, daß ich es satt habe und gehn werde."

„Aber, Haraldchen", beschwichtigte Frau Haller.

Tante Mariechen reichte ihm die Kuchenschüssel hinüber, und Baron Bombe wollte sie höflich dabei unterstützen. Bei diesem Versuch geriet die Kaffeetasse in seiner Hand ins Wanken und ergoß sich rettungslos über ihn. Baron Bombe war groß und breit, und auf seiner weißen Weste fand der Kaffee die weitesten Möglichkeiten. Regine und Tante Mariechen kamen ihm zu Hilfe.

„Mutzeputz hat sich noch nie etwas über seine weiße Weste gekippt", verkündete Veronika schadenfroh und triumphierend.

„Veronika, geh hinaus", sagte die Mutter und bemühte sich, durch ihren Eifer an Baron Bombes Weste den Eindruck dieser vernichtenden Worte zu verwischen.

Baron Bombe war übrigens ganz mit sich und seinem Unglück beschäftigt. So etwas geschah bei ihm wirklich nicht häufig, und nun mußte es gerade jetzt sein, wo Ulla Uhlberg dabei war. Sie sah zwar teilnahmsvoll aus, aber das konnte auch Heuchelei sein.

„Das kann jedem passieren, und wenn das mir passiert, dann passiert mir das immer einige Male hintereinander", tröstete Tante Mariechen.

Doch Baron Bombe blieb bedrückt und empfahl sich bald darauf. Er fühlte sich unsicher in dieser entstellten Weste, und er vertrug es durchaus nicht, anders als sieghaft zu wirken.

Kaum war er gegangen, erschien auch Veronika wieder. Sie tat, als wäre nichts vorgefallen, doch sie hatte sich zur Sicherheit Peter mitgebracht. Peter war eine Ablenkung, und alle erkundigten sich nach seinem Befinden. Er war etwas ratlos und versicherte, es ginge ihm gut.

Regine rief Veronika zu sich. Sie schien ihr doch allzu vergnügt nach diesem peinlichen Vorfall.

„Veronika, solche Bemerkungen darfst du nicht machen."

„Ach", sagte Veronika, „wegen dem? Warum hat er Mutzeputz beleidigt? Ich habe Mutzeputz, Peter und Zottel erzählt, daß Baron Bombe den Kaffee über die weiße Weste gekippt hat, und sie haben sich alle gefreut. Auch die graue Frau stand dabei, und sie lachte sogar ein wenig. Sie war bestimmt auch sehr erfreut. Ich habe die graue Frau noch niemals lachen sehen."

„Mein Himmel, glaubt denn das Kind auch schon an Gespenster?" meinte Pastor Haller entsetzt, „du träumst wohl viele solche Sachen, Veronika?"

„Das Kind hat manchmal Ideen", sagte Tante Mariechen bekümmert. Ideen zu haben, schien Tante Mariechen stets bedenklich.

Veronika hatte das Gefühl, daß die graue Frau bedroht war. Das war ja eine sonderbare Gesellschaft heute! Erst griff man Mutzeputz an und nun die graue Frau. Es fehlte nur noch, daß jemand etwas Abfälliges über Magister Mützchen sagen würde.

„Ich habe das nicht geträumt, ich habe das gesehen", sagte Veronika trotzig, „wenn ich träume, ist es ganz anders, aber auch dann ist es oft sehr wirklich, so wie es neulich war."

„Was hast du denn neulich geträumt, mein Kind?" fragte Frau Haller freundlich.

Ihr schien es, daß ihr Mann etwas zu schroff zu Veronika gewesen war. Er war überhaupt zu schroff, ihrer Ansicht nach. Ihr Vater war darin anders gewesen, viel weicher und viel geduldiger. Du lieber Gott, warum soll man sich nicht ein bißchen für die Träume der Kinder interessieren? Nachher vergeht einem das Träumen schon – auch ihr war es lange vergangen.

Veronika zögerte einen Augenblick.

„Ich habe geträumt, daß Christus auf der Landstraße stand und dem alten Aron Mendel seinen schweren Kasten abnahm. Christus sah so aus, wie auf dem Bild in meinem Schlafzimmer."

Eine Weile war es still, und es fand niemand ein Wort.

„Das ist ja ein schöner Traum", sagte Pastor Haller endlich zögernd, „um so mehr, als Aron Mendel Jude ist."

Veronika sah ihm gerade ins Gesicht.

„Es war kein gewöhnlicher Traum. Es ist schon wirklich,

wenn ich so träume. Und Christus hat nicht gefragt, ob Aron Mendel ein Jude ist."

Da senkte Pastor Haller die Augen.

„Du hast recht, Veronika", sagte Johannes Wanderer, und Ulla Uhlberg nickte ihr zu.

„Träumst du auch so schön?" fragte Frau Haller den blöden Peter.

„Nein", sagte Peter, „aber ich glaube es."

„Wollen wir in den Garten gehen"? schlug Tante Mariechen vor.

Diese geistigen Gespräche waren ja vielleicht erbaulich, aber ihr schien es, es würde ein wenig zu ernst für eine Geburtstagsfeier. Auch weiß man nie, ob die Menschen dabei nicht streitbar werden, und das wollte Tante Mariechen durchaus nicht haben. Sie war für die mittlere Linie und für die Gemütlichkeit.

Alle standen auf, um in den Garten zu gehen. Aber sie waren schweigsam geworden. Pastor Haller hielt Johannes Wanderer noch einen Augenblick im Hause zurück. Er sah blaß aus und kämpfte sichtlich mit sich selber.

„Mir scheint es", begann er leise, „dieses halbe Kind und dieser Blöde sind bessere Christen als ich."

„Ja", sagte Johannes Wanderer ruhig.

„Mir kommt das überraschend, es wirft vieles in mir um, Sie werden das vielleicht verstehen", meinte Pastor Haller unsicher. „Ich muß mich irgendwie entscheiden, aber ich weiß es nun wirklich nicht, was ich tun soll. Vielleicht können Sie mir einen Rat geben? Soll ich in Halmar bleiben und es aufs neue versuchen, oder soll ich mich für die große Stadt entschließen? Welchen Weg soll ich gehen?"

„In der äußeren Lösung darf ich Ihnen nicht raten, die innere nannte ich Ihnen schon einmal, Herr Pastor, vor einigen Jahren. Sie haben es überhört. Es gibt nur einen Weg: nach Damaskus."

Pastor Haller schlang die Finger nervös ineinander und sah ins Weite.

„Ich will es versuchen", sagte er.

*

Am Abend machte sich Veronika an Johannes Wanderer heran, als sie allein waren.

„Onkel Johannes", sagte sie, „weißt du, was heute das Allerschönste war? Baron Bombe hat sich gar nicht selber den Kaffee auf seine weiße Weste geschüttet, sondern das hat Magister Mützchen getan. Hast du es nicht bemerkt, wie er ihm die Tasse umkippte? Ich freue mich jetzt noch so, wenn ich daran denke."

„Ich habe es nicht gesehn, Veronika, ich dachte wohl an andere Dinge. Aber es ist sehr ungezogen von Magister Mützchen."

Veronika schüttelte den Kopf.

„Das mußt du nicht sagen, Onkel Johannes. Bedenke doch, daß Baron Bombe Mutzeputz beleidigt hat."

„Ich bedenke das", sagte Johannes Wanderer, „aber die Strafe war doch etwas hart. Natürlich muß man es bei Magister Mützchen anerkennen, daß es hübsch ist, für seine Lebenskameraden einzutreten."

„Ja, nicht wahr? Ich hätte auch den Kaffee umgekippt, wenn ich es gekonnt hätte. Es war doch zu schön!" sagte Veronika.

Mutzeputz saß vornehm auf einem großen Sessel und blinzelte aus halbgeschlossenen Augen hinüber. Er sah aus, als ob er lachte.

Pastor Haller hatte in dieser Nacht nicht geschlafen. Er hatte bis zum Morgengrauen allein in seinem Arbeitszimmer gesessen, und er hat niemals zu irgend jemand ein Wort darüber gesagt, welche Gedanken in dieser einsamen Nacht bei ihm ein und aus gingen.

Am Vormittag kamen die Leute aus Halmar, die sich angemeldet hatten, um den Pfarrer zu sprechen. Sie traten laut auf und hatten finstere und verbissene Gesichter. Eriksen war an ihrer Spitze, offenbar sollte er ihr Sprecher sein. Pastor Haller bat sie, sich zu setzen. Er selber blieb an seinem Schreibtisch stehen. Er sah blaß und übernächtig aus.

„Ich weiß, was ihr sagen wollt", begann er, „aber es ist besser, ihr laßt mich zuerst reden. Ich denke, daß sich dann alles Weitere erübrigt und ihr zufrieden sein werdet. Ihr wollt sagen, daß ich euch nicht der Pfarrer gewesen bin, den ihr braucht und den ihr euch wünscht. Damit habt ihr recht. Ihr wolltet euren alten Weg gehen, und ich versuchte euch einen anderen zu führen. Damit hatte ich unrecht, ich sehe das ein, und es tut mir leid. Ich habe mir Mühe gegeben, aber es war nicht die richtige Mühe, denn ihr wart Christus näher als ich. Ich bin ihm nun auch nahegekommen. Ihr habt auch recht, wenn ihr an Wunder glaubt. Es geschehen jeden Tag Wunder. Ich wußte das nicht. Ich weiß es jetzt, denn ich habe selber Wunder erlebt. Ich bin nicht reif, euer Pfarrer zu sein, ihr müßt einen besseren haben, und ich will helfen, ihn euch zu finden. Ich habe geäußert, daß ich in die große Stadt gehen will. Ich werde das nicht tun, ich will an einen viel kleineren Ort gehen, als es Halmar ist, um erst zu lernen, bis ich vielleicht einmal Pfarrer von Halmar werden kann. Wir wollen weiter nicht darüber reden, aber in großen Frieden voneinander scheiden, und ihr werdet es mir vergeben, wenn ich es nicht richtig gemacht habe."

Die Männer von Halmar standen von ihren Stühlen auf, einer nach dem anderen. Es war eine große Stille unter ihnen. Man hörte nur die Vögel draußen im Garten singen. Endlich sprach Eriksen, indem er verlegen den Hut in den Fingern drehte.

„Der Herr Pastor hat recht", sagte er, „wir sind sehr sündige Menschen. Aber wir wollen uns alle bessern, ja, das wollen wir."

Pastor Haller faßte sich mit der Hand an die Stirn.

„Ihr habt mich nicht verstanden", meinte er müde, „ich habe nicht von eurer Schuld gesprochen, sondern von meiner, und ich habe euch um Vergebung gebeten, damit wir in Frieden scheiden. Das ist alles."

„Wir haben den Herrn Pastor sehr gut verstanden", sagte Eriksen, „wir haben es nicht gedacht, daß der Herr Pastor so reden würde. Wenn der Herr Pastor so redet, ist er viel besser, als wir sind. Er kann auch von seiner Schuld reden, weil er darüber hinausgekommen ist, und darum, wenn er so redet, so redet er von unserer Schuld. Wir können das gut verstehen, und wir sind sündige Menschen. Es tut uns auch sehr leid, wollten wir sagen."

„Wir wollen es uns doch nicht schwerer machen, als es ist", sagte Pastor Haller, „es ist mir schwer genug, aber wir müssen jetzt ehrlich und wahr sein, und es ist gewiß am besten so, wie ich es euch vorgeschlagen habe – für euch am besten, denn daß es für euch am besten sei, dafür muß ich sorgen, so gut ich es kann. Dann bin ich zum friedvollen Ende doch noch einmal wirklich der Pfarrer von Halmar gewesen."

Eriksen drehte seinen Hut weiter.

„Wir wollen den Herrn Pastor bitten, daß der Herr Pastor bei uns in Halmar bleibt. Dazu stehen wir hier. Wir wissen es auch, daß wir keinen besseren Pastor in Halmar bekommen können. Darum muß der Herr Pastor in Halmar bleiben."

Harald Haller kämpfte mit einer ungeheuren Bewegung.

„Ich danke euch viele Male", sagte er, „ich werde das tun."

*

Am nächsten Morgen war die Kirche zu Halmar übervoll. Es war kein einziger Platz mehr darin zu finden. Pastor Haller sprach, wie er bisher noch niemals gesprochen hatte. Er sprach vom Licht, das in der Finsternis leuchtet, er sprach von den Wundern, die sich Tag um Tag ereignen für den, der sie zu schauen gelernt hat, und er sprach davon, daß einer dem anderen die Bürde tragen helfe, wie es Christus getan und wie es Christus noch heute tue.

Es war sehr still in der Kirche zu Halmar, und als Pastor Haller hinausging, reichten ihm viele die Hand, die ihn erreichen konnten.

Dann wandte er sich und ging allein nach Hause. Aber er war nicht allein. Jemand sprach neben ihm, oder es war, als ob ein anderer in ihm redete.

„Du weißt es nicht, wer mit dir spricht", sagte die Stimme, „weil du niemand siehst. Aber du weißt es ja nun, daß die Unsichtbaren so wirklich sind wie die Sichtbaren. Es ist die graue Frau aus dem Hause der Schatten, die mit dir geht. Ich will dir danken, Harald Haller, denn es ist heute hell geworden in der Kirche zu Halmar und hell in vielen, die sich danach gesehnt. Du freust dich, daß deine Kirche gefüllt war, aber sie war noch viel voller, als du es denkst. Es waren nicht nur die Lebenden um dich, sondern auch die Toten waren heute in der Kirche zu Halmar, ich und viele andere. Wir werden nun über die Schwelle gehn können in eine andere Welt, denn es ist hell um uns geworden, und wir sehn den Weg."

Da war es Harald Haller, als habe er heute zum ersten Male Gottesdienst gehalten.

Es war an demselben Sonntag, daß Aron Mendel durch die Gassen von Halmar schritt. Er ging hoch aufgerichtet, wie noch nie zuvor, und er trug seine mühsame Last auf dem Rücken, als wäre sie nur ein Spielzeug. Die Menschen wunderten sich darüber, er aber sagte ihnen, daß er nun nicht mehr wiederkommen werde. Und er ging aus Halmar hinaus nach dem Hause der Schatten und zu Johannes Wanderer.

„Ich werde nun nicht mehr pilgern müssen, Johannes", sagte er, „es ist ein Zeichen geschehen, das es so will und das sehr wunderbar ist. Es war vor wenigen Tagen, als ich meinen Kasten auf der staubigen Straße schleppte, daß er mit einem Male so leicht wurde, als habe ihn jemand mir abgenommen. Es ist nun keine Bürde mehr, die ich trage um den zerstörten Tempel. Gott ist versöhnt, und er will nicht, daß ich weiter für die kleine Rahel sühnen soll. Ich will nach Hause gehen und will mit ihr spielen in meinen letzten Tagen."

„Ich freue mich sehr darüber", sagte Johannes Wanderer, und er dachte an Veronikas Traum. „Es ist auch sonst ein seltsamer Sonntag heute, Aron Mendel. Es waren Lebende und Tote in der Kirche zu Halmar und haben Gottesdienst gehalten. Denn es ist in der Kirche zu Halmar hell geworden, und wir wollen glauben und hoffen, daß es überall hell wird, Stufe um Stufe – dann wird der zerstörte Tempel wieder erbaut."

„Johannes, können Sie mir nicht sagen, wer mir den schweren Kasten abgenommen hat?"

„Das muß ein jeder selbst für sich ergründen, Aron Mendel, aber ich denke mir, es ist jemand gewesen, der wie kein anderer es verstanden hat, daß Sie Ihre Bürde getragen haben aus Liebe zur kleinen Rahel."

„Dann muß es ein großer und guter Geist sein, Johannes."

„Das ist er gewiß", sagte Johannes Wanderer.

Ihr, die ihr heute atmet, denkt daran und zündet Lichter an für die Lebenden und für die Toten.

8 KARNEVAL

Die Geigen singen, die Flöten locken und durch fernen Trommelwirbel klingen die Schellen – der Maskentanz des Lebens beginnt. Aber wenn es Karneval ist, dann ist es Winter geworden, nicht wahr? Der Sommer der Kinderzeit ist vergangen, und manche Blume im Garten der Jugend ist verblüht.

So war es auch mit der kleinen Veronika gewesen, als sie größer wurde, und der Karneval des Lebens sie mit leisen, sehnsüchtigen Stimmen in seinen bunten Reigen rief. Sie war nun vierzehn Jahre alt, und es war über manchem Herbst und Winter geworden, was einmal im Frühling und Sommer geblüht. Auch Mutzeputz war hinübergegangen in eine andere Welt, und es war dies der schwerste Tag gewesen, den die kleine Veronika bisher erlebt. Zum ersten Male hatte sie in der Bewußtheit ihrer Seele ein Grab geschlossen, und sie wußte es: Was dieses kleine Grab barg, war der liebste Freund ihrer Kindheit und mit ihm die eigene Kinderzeit. War dies nun ein Ende oder war es der Anfang zu etwas Neuem und Unbekanntem? Ach, kleine Veronika, das Leben endet immer etwas und beginnt etwas anderes, und doch endet und beginnt es eigentlich nie, denn es ist zeitenlos und das, was wesentlich ist, wandert mit uns durch alle Tage und Stunden, die glücklichen und die traurigen. Und wenn wir ein Grab schließen, so bauen wir damit eine Brücke in jene Welt. Es werden von Jahr zu Jahr immer mehr solcher Brücken, und zuletzt gehen wir selbst über unsere vielen in Tränen gebauten Brücken hinüber, um zu vergessen, daß wir einmal um sie geweint. Die Tränen sind ja der Preis für die geistigen Welten, alles Erkennen wandelt durch Leid zum Licht, und die eine große Antwort, auf die wir hoffen, verlangt es, daß man mit tausend bangen Fragen nach ihr fragt.

Es war auch eine bange Frage, welche die kleine Veronika bewegte, als sie dem Spielgefährten ihrer Kindheit den kleinen Totenkranz wand.

„Onkel Johannes", sagte sie, „glaubst du, daß es Mutzeputz gut geht und daß ich ihn wiedersehe? Ich denke mir, daß auch die Tiere weiterleben müssen wie die Menschen."

Johannes Wanderer war still und traurig. Er hatte ja auch an Mutzeputz gehangen, und ihm waren Menschen und Tiere gleich nahe Geschöpfe. Nur kleine Seelen haben den Dünkel ihrer vermeintlichen menschlichen Hoheit über das Tier.

„Ich glaube gewiß, daß es Mutzeputz sehr gut geht, Veronika", meinte Johannes Wanderer, „er ist im Garten Gottes, wie alles, was lebt. Es ist nur meist so, daß es bei den Tieren um einiges weniger bewußt und persönlich ist als bei den Menschen. Sie gehen noch mehr zurück in eine Gesamtheit, aber auch dieses alles sind Stufen, und sie sind schwer faßbar für ein menschliches Begreifen. Es sind ja auch viele Menschen noch wenig bewußt und leben ähnlich wie die Tiere, im Mutterleib einer Gruppe gebettet, eines Volkes, eines Stammes oder einer Familie. Nur starke Geister schaffen schon über diesen Rahmen hinaus am kommenden Menschentum. Der Weg geht langsam aufwärts, Veronika. Auch ein Kind im Mutterleibe ist ein Ich, aber es ist noch nicht erwacht. Doch es ist heute eine Zeitenwende, und die Tiere erwachen nun immer mehr aus dem Mutterleib ihrer Gruppe und streben immer weiter ins Bewußte hinein. Darum ist es so sehr wichtig, daß die Menschen sie als ihre Geschwister betrachten. So müssen wir alle gemeinsam in eine Welt hineinwachsen, die besser und glücklicher ist, als das Dasein von heute. Diese Welt müssen wir bauen und bereiten helfen, und in ihr wird für Menschen und Tiere alles bewußter und lichter sein."

„Ich will aber Mutzeputz wiedersehen", beharrte Veronika.

„Das wirst du gewiß", sagte Johannes Wanderer, „sieh einmal, es sind zum Beispiel nicht alle Löwen schon zu ihrem Ich erwacht, sie kommen aus ihrer Gesamtheit und gehen in sie zurück, wie auch viele Menschen noch keine Persönlichkeiten sind. Nur wandeln die Menschen von einer Volksseele zur anderen, und die Löwen bleiben beim Muttergedanken des Löwen. Aber als der Löwe des heiligen Hieronymus hinüberging, war er wohl so persönlich geworden in der Liebe des Heiligen, daß er nicht ganz in den Muttergedanken des Löwen zurückkam. Er blieb, was er bei seinem Heiligen wurde, er folgte ihm weiter und schafft nun bewußt an der Wesenheit der Löwen im Garten Gottes. Es ist das alles schwer und mühsam mit menschlichen Worten zu erklären, aber so ähnlich wie mit dem Löwen des heiligen Hieronymus ist es mit allen Tieren, die viel Liebe empfangen und geben konnten, sie bleiben wohl bei ihrer Mutterseele, aber bewußter in Liebe und Licht und als Helfer für alle anderen. So wirst auch du Mutzeputz wiedersehen, wenn du einmal in Gottes Garten kommst. Er wird an dem Seinen wirken und du an dem Deinen, eure Aufgaben sind verschieden, aber ihr bleibt untereinander, was ihr euch wart, denn das, was ihr wart, wart ihr euch in Liebe, und Liebe ist das Geheimnis alles Lebens. Alles ist Grad und Stufe, aber was Liebe gestaltet hat, ist unvergänglich, und aus ihr bildet sich alles hinauf aus dem Mutterschoß zum Ich. Man muß das ahnen und nicht begreifen wollen, denn es ist etwas vom Großen und Grenzenlosen, ein Teil von Gottes Gedanken, die am zerstörten Tempel bauen."

Es war gut für die kleine Veronika, daß sie das hörte. So war das Dunkel ihres dunkelsten Tages nicht ohne Licht, und allmählich schaute sie, wenn sie an Mutzeputz dachte, einen Garten des Friedens, und ihre Seele baute an einer Brücke zu ihm. Aber der Sommer ihrer Kinderzeit war nun vorüber, das wußte sie. Jetzt war es Winter geworden, mit Schnee und Eis. In den großen Kachelöfen brannte das Feuer, und es warf seinen zukkenden Schein in die Dämmerung im Hause der Schatten und über seine vielen Schwellen und Stufen. Das Haus der Schatten war eingeschneit. Der nordische Winter ist lang und hart, und es ist nur gut, daß die Sterne so klar an seinem Himmel leuchten.

Ach, kleine Veronika, über eine schwere, dunkle Schwelle bist du gegangen, aber es sind noch viele andere Schwellen und Stufen im Hause der Schatten, über die du wandern mußt. Falle nicht, kleine Veronika, und denke daran, daß auch über dem Hause der Schatten die ewigen Sterne stehn.

Es ist Winter geworden. Aber ist im Winter nicht Karneval? Die Geigen singen, die Flöten locken, und durch den fernen Trommelwirbel klingen die Schellen – der Maskentanz des Lebens beginnt! Hat er nicht auch für dich begonnen, kleine Veronika? Ist es nicht so, als ob die Menschen allmählich ein anderes Aussehen gewinnen? Sie tragen fremde Trachten, schöner oder häßlicher als bisher, und sie haben Masken vor dem Gesicht, die sie früher nicht hatten. Oder sahst du nur bis zu dieser Stunde die Maske, und die Menschen haben sie jetzt abgenommen und schauen dich an, wie sie wirklich sind? Ach, kleine Veronika, man weiß das so selten im Leben, ob jemand die Maske trägt oder ob er sie ablegt. Und wann legt man selber die Maske vor und wann nicht? Der Karneval des Lebens ist ein verworrener Tanz. Wir lachen und weinen, wir hoffen und irren, wir hassen und lieben in seinem bunten Reigen, aber wissen wir es, wer wir selbst und wer alle die anderen sind? Es gibt so viele Masken, wer will sich da hindurchfinden? Es ist oft sehr schwer, kleine Veronika, und die Stunde, die uns wirklich alles ohne Masken zeigt, ist unsere letzte Stunde, und dann tanzen wir nicht mehr mit im Karneval des Lebens."

Es war Winter, und über vieles war der Schnee gefallen.

Aber die Geigen sangen, die Flöten lockten, und im fernen Trommelwirbel klangen die Schellen. Im Winter ist ja Karneval, nicht wahr? War es da nicht verständlich, daß Ulla Uhlberg zum Maskentanz nach Schloß Irreloh geladen hatte?

Veronika hatte sich zum Fest auf Irreloh angezogen. Sie stand vor dem Spiegel und reckte die Glieder, als gelte es einen Kampf. Sie sah sieghaft jung aus in ihrem bunten Kleide, und Magister Mützchen saß in einer Pappschachtel daneben und betrachtete Veronika voller Wohlwollen. Ein feiner, goldener Schmuck, wie ihn einst die Florentiner Damen trugen, zog sich wie ein blitzender Faden durch Veronikas Haar. Karoline hatte zwar zu diesem Zweck ihre sämtlichen bedruckten Kopftücher zur Verfügung gestellt, aber Karolines Kopftücher waren jenseits aller Kulturen und jedes Stils, und man hatte ihr das schonend ausgeredet. Peter und Zottel standen ein wenig abseits und bewunderten Veronika. Zottel war es freilich einerlei, wie Veronika gekleidet war, die Tiere sind uns ja immer gleich gut, ob wir im Königsgewand oder in Lumpen einhergehen. Aber Peter fand Veronika über alle Maßen schön, und fast bedauerte er es, nicht auch zum Maskentanz von Irreloh zu gehen. Ulla Uhlberg hatte ihn zwar eingeladen, aber er war zu scheu, um sich unter so viele fremde Menschen zu wagen.

„Du bist wunderschön, Veronika“, sagte er versunken.

Veronika freute sich und nestelte etwas verlegen an ihrem Schmuck.

War Peter nicht auch anders geworden, als in der Kinderzeit? Trug auch er eine Maske? Die Geigen sangen, die Flöten lockten, der Karneval des Lebens hatte begonnen. Und sahen nicht auch andere in ihren Augen anders aus als früher, zum Beispiel Onkel Johannes? Veronika dachte darüber nach. Dann warf sie den Kopf zurück.

„Ich muß doch nett aussehen, wenn ich nach Irreloh gehe“, sagte sie.

„Die Männer werden staunen, wenn sie dich sehn, Veronika", meinte der blöde Peter.

Es war ein seltsamer Unterton in seiner Stimme. Veronika fühlte es wohl.

„Ich mache mir nichts aus den Männern", sagte sie hochmütig.

„Auch aus mir nicht, Veronika?" fragte Peter leise.

„Ach, du", meinte Veronika lachend, „dich rechne ich doch gar nicht dazu, wenn ich von den anderen rede."

Es war gut gemeint, was Veronika dem Spielgefährten sagte. Aber Peter empfand das Ausschließende der Worte darin, er wußte es ja, daß er nicht zu den anderen gehören konnte. Er senkte den Kopf, und seine Hand griff hilfesuchend in Zottels Fell, wie er es stets als Knabe getan hatte, wenn er einen Halt suchte. Der Hund war alt geworden mit Peter, und er kannte jede Regung in der verschüchterten Seele des Blöden.

Veronika begriff, daß sie Peter gekränkt hatte.

„So mußt du das nicht auffassen, Peter", sagte sie herzlich, „du und ich, wir stehen doch wie immer zueinander, und es wäre überhaupt viel netter, wenn du auch mitkommen würdest. Dann könntest du mich beschützen."

„Onkel Johannes ist ja dort", sagte Peter.

Über Veronikas Gesicht flog eine feine Röte.

„Ach ja", sagte sie befangen, „natürlich ist Onkel Johannes dabei."

Magister Mützchen guckte aus seiner Pappschachtel heraus und grinste. Veronika fand, daß Magister Mützchen in der letzten Zeit dazwischen ein wenig frech wurde.

„Du siehst aus wie eine Königin, Veronika", sagte Peter mühsam – es war ihm schwer, die Worte zu formen für das, was er sagen wollte. „Ich würde ein Gedicht auf dich machen, wie es die Ritter für ihre Königinnen taten. Aber ich kann das nicht. Ich kann ja noch immer nicht schreiben. Ich male nur so die Buchstaben einzeln hin, aber ich kann sie nicht verbinden, nein, ich kann es nicht, es fehlt mir da immer etwas. Ach, Veronika, es ist mir oft so, als ob eine Nacht um mich ist. Ich kann es nicht anders beschreiben, aber so ungefähr ist es."

Peter sah sehr traurig aus.

Veronika faßte seine Hände und blickte ihm gerade in die Augen, die sich langsam mit Tränen füllten.

„Es wird einmal Morgen werden, Peter, glaube es mir."

„Ich glaube es", sagte der blöde Peter andächtig.

Wenige Minuten darauf fuhr Veronika im Schlitten in den Winterabend hinaus nach Schloß Irreloh.

*

Kennt ihr die nordische Winternacht? Wißt ihr, was es heißt, auf blanken Kufen lautlos über einen Teppich von glitzerndem Schnee zu gleiten? Alles ist weiß und weit, und wo es endet, ist bläuliche Dämmerung, die mit goldenen Sternen bestickt ist. Schwer beugen sich die Tannenäste unter der Last des Schnees, und wenn ihr an einsamen Gehöften vorbeifahrt wie ein huschender Schatten, so glüht ein gedämpftes Licht aus dem Fenster, und an den verschneiten Dächern hängen blitzende Eiszapfen. Alles ist seltsam verschleiert, gleichsam nur halb vorhanden und mit einem Mantel aus abertausend Kristallen bedeckt. Aber es ist der Königsmantel des Märchens, es glänzt in ihm von unzähligen Diamanten, und unter ihm atmet das Ja des Lebens in der schneidenden Kälte so heiß wie noch nie. Es ist einem, als wäre nichts unmöglich, als müßten verwunschene Wunder und blaue Blumen aus Eis und Schnee erblühen. — und man gleitet immer weiter und weiter ins Grenzenlose!...

So fuhr Veronika nach Schloß Irreloh.

„Karneval in Florenz" hatte Ulla Uhlberg ihr Fest genannt, und die vielen bunten Masken im kerzenschimmernden Saal sollten den Süden in die Schneenacht von Irreloh bringen. Kostbare Blumen aus den Treibhäusern hatte sie kommen lassen, sie neigten die Kelche in geschliffenen Vasen und hauchten den Duft des Sommers in die Herzen und Sinne der Menschen.

Aber Irreloh war nicht Florenz. Hingen nicht in den alten Gängen und Hallen noch welke Kränze aus vergangener Zeit, unsichtbar von unsichtbaren Händen gewunden? Seltsam mischte sich ihr Modergeruch mit dem Atem der frischen Blüten, aber man achtete nicht darauf. Zuckte nicht auch ein irrer Feuerschein durch die festlichen Kerzen und lösten sich nicht schleichende Schatten von den grauen Wänden, um sich in den Tanz der Lebendigen zu reihen? Las niemand die Zeichen und Lettern von Irreloh?

Ach, Ulla Uhlberg, Irreloh ist nicht Florenz. Aber du hast die Geister von allen beiden gerufen, nun stehen sie um dich herum und tanzen mit dir. Sieh zu, wie du mit ihnen fertig wirst. Will nicht ein jeder etwas von deiner Seele? Hast du nicht ihnen allen flammende Kerzen entzündet und blühende Blumen zugeworfen? Die Geigen singen, die Flöten locken, und an bunten Festgewändern klingen die Schellen. Aber ferne singt die Brandung ihr Lied. Denke daran, Ulla Uhlberg. Ist nicht, mitten im Taumel des wirren Tanzes, ein Weinen in den Geigen, ein Klagen in den Flöten und in den Schellen ein Ton wie von zerbrochenem Glas? Ach, wer mag daran denken! Heute ist ihr Fest, das sie ihm bereitet, heute wie einstmals vielleicht – der Karneval von Florenz!

Auch Veronika tanzte unermüdlich, mit der ganzen Jugendkraft des ersten Erlebens, und es freute sie, daß sie begehrt war und daß sie gefiel. Oft erschien es ihr auch, als wäre es nicht zum ersten Male, daß sie in solchem Gewand und mit dem schimmernden Schmuck in den Haaren im Kerzenschein des Festsaales tanzte – war das nicht schon einmal gewesen, vor langer Zeit? Verschleiert, kaum greifbar, stieg eine ferne

Erinnerung in ihr auf aus jener Traumnacht, die mit dem schrecklichen Mann in der roten Mütze und mit dem Lied der Marseillaise begann. War nicht eines jener Bilder, in das sie eintauchte, Florenz gewesen, und waren nicht Onkel Johannes und Ulla Uhlberg dabei, wie heute? Ja, ihr schien es, auch Ulla Uhlberg wäre dabeigewesen, ganz ähnlich wie heute, und in einem gleichen Kleid. Aber die Geigen sangen, die Flöten lockten, und Veronika dachte nicht mehr an die Nacht der vielen Bilder. Heute war sie ja hier auf Irreloh, heute war sie jung und froh und glücklich. Was sollte sie da an anderes denken? Nur flüchtig, auf einen Augenblick, kam ihr der Gedanke an den Spielgefährten, der einsam zu Hause geblieben war. Er tat ihr leid, aber es war doch gut, daß er nicht mit hierhergekommen war. Den armen Blöden hätten die Menschen auch unter der Maske erkannt. Sie aber hatte der Karneval des Lebens ergriffen, und sie gab sich ihm hin mit allen Sinnen, und wenn gar Johannes Wanderer mit ihr tanzte, dann war es ihr, als versänken die Menschen, die Kerzen und Blumen um sie, und die Zeit stände still.

Ach, kleine Veronika, die Zeit steht niemals still – und die Uhren von Irreloh schlugen Stunde um Stunde . . .

Veronika war unter den letzten Gästen, die gingen.

Sie sah sich vergeblich nach Johannes Wanderer um. Vielleicht war er in einem anderen Gefährt, es waren so viele. Die Pferde zogen an, und der Schlitten glitt in die Winternacht. Veronika fröstelte, und sie schlang sich ihr Seidentuch enger um Hals und Schultern. Ihr war es, als habe sie Fieber.

Der Schnee fiel in großen Flocken.

*

Im Saal von Irreloh war jene fahle Stimmung erlöschender Kerzen und welkender Blumen, in der alle rauschenden Feste enden. An den Karneval des Lebens reiht sich immer der Aschermittwoch. Auf dem Brokat der Möbel lag hier und da eine vergessene Maske. Wie viele hatten heute die Maske wirklich abgelegt, wie viele hatten sie vor dem Gesicht behalten? Wie fremd sind sich fast alle die Menschen, die singende Geigen und lockende Flöten zusammengerufen für einige flüchtige Stunden!

Ulla Uhlberg stand vor Johannes Wanderer. Sie waren allein im Saal.

„Johannes", sagte sie, „komme noch einen Augenblick zu mir hinauf. Ich will diesen Tag mit dir beschließen. Es war ja unser Karneval, der Karneval von Florenz!"

Johannes Wanderer folgte ihr schweigend.

Ulla Uhlbergs Boudoir war in zartem Rot gehalten. Alte italienische Möbel standen darin, und ihre goldenen Beschläge blitzten im Kerzenschein des Kronleuchters. Vor einem Ruhebett reckten rote Rosen die Kelche aus einer kristallenen Vase. Es war sehr still im Raum, jene Stille der Übermüdung war über allem, in der man sich danach sehnt, auszuruhen und irgendwo geborgen zu sein.

„Johannes", sagte Ulla Uhlberg, „war dies nicht wirklich der Karneval von Florenz? War das alles nicht schon einmal, und wir beide waren dabei, wie heute? Weißt du es, wann das war?"

„Das ist lange her, Ulla, es war im Jahre 1527 zu Florenz."

Ulla Uhlberg wandte sich ab.

„Das war, als die Pest nach Florenz kam, Johannes, ein schrecklicher Gedanke."

„Du weißt gut Bescheid mit der Geschichte von Florenz, Ulla."

Ulla Uhlberg lächelte.

„Wie sollte ich nicht? Ich habe mich viel damit beschäftigt, als ich in Italien reiste."

„Du hast auch manches von dieser Geschichte erlebt, Ulla."

„Meinst du die Pest von Florenz, weil du dieses Jahr nanntest?"

„Ja, Ulla, auch das."

„Aber, Johannes, das ist ja nun gewesen, und wenn vieles schrecklich war, so war doch auch manches sehr schön, und mir ist es, als ob ich mich daran erinnere. Können wir nicht ein Stück von diesem Wege wieder zusammengehen?"

„Es ist nicht gut, Ulla, wenn man zurückgeht. Wenn man sich wiederfindet aus alten Zeiten, muß man vorwärts schauen und Neues baun."

„Ist es denn unrecht, Johannes, eine glückliche Stunde zurückzurufen?"

„Ein Unrecht ist es gewiß nicht, Ulla, es wäre ja töricht, zu denken, daß geistige Gesetze nach dem engen Maßstab von Spießbürgern messen. Ein Unrecht tritt nicht zwischen klare Seelen, aber es ist jetzt vielleicht unwesentlich, was damals wesentlich war. Und ruft man eine Stunde wieder, kommt manches ungerufen mit."

Ulla Uhlberg neigte den Kopf in königlicher Demut, wie es nur innerlich große Frauen verstehn.

„Mir ist es heute noch wesentlich", sagte sie leise, „küsse mich noch einmal, wie damals, Johannes."

Da beugte sich Johannes Wanderer herab und küßte Ulla Uhlberg.

Fern schlug eine Uhr. Eine Rose schwankte im kristallenen Kelch und streute ihre Blätter lautlos auf den Boden.

*

Johannes Wanderer ging allein in die kalte klare Winternacht hinaus. Es hatte aufgehört zu schneien, und die Sterne standen golden am Himmel.

Ulla Uhlberg war in ihrem Boudoir zurückgeblieben und träumte mit halb geöffneten Lippen lange vor sich hin. Ihr Fuß berührte die Rosenblätter auf dem Teppich.

Dann erhob sie sich und dehnte sieghaft die Glieder vor dem hohen Spiegel. Ja, sie war schön, heute wie damals, sie war die vornehme Florentiner Dame aus jenen Jahren – wann war es doch? Um 1527 hatte Johannes gesagt. Heute war ihr Karneval gewesen, der Karneval ihres Lebens, der Karneval von Florenz!

Noch einmal wollte sie ihr eigenes Bild betrachten, das Johannes berauscht hatte, ihn, den sie damals liebte und heute und immer lieben würde. Und war es ein Rückweg – sie konnte sich keinen schöneren denken! Oder war es unwesentlich, wie Johannes meinte? Ach, nein, das war es ihr ganz gewiß nicht.

Ulla Uhlberg lachte glücklich und schaute in den Spiegel hinein.

Aber es war nicht ihr Bild, das ihr der Spiegel zurückwarf. Ein dürres Gerippe in Lumpen stand darin, mit einer Geißel in der gelben Knochenhand und mit einer Maske vor dem Gesicht. Nun nahm es die Maske ab, und ein gräßlicher Totenkopf starrte sie an aus leeren Augen. Die Pest von Florenz!

Ulla Uhlberg schrie auf und flüchtete in ihr Schlafzimmer.

Diese Nacht war keine Karnevalsnacht, und Ulla Uhlberg träumte nicht von den Küssen des Geliebten. Sie sah Fackeln in dunklen Gassen, vermummte Gestalten, die verhüllte Bahren trugen, und sie hörte die Kirchenglocken das Miserere jammern. Es war der Karneval von Florenz, den sie gerufen.

Sie erwachte früh am Morgen und versuchte den Fieberspuk der Nacht zu vergessen. Das alles war ja Unsinn und Täuschung! Wirklich waren nur die Küsse, die sie mit Johannes getauscht. Und war sie nicht jung und schön und stark genug, um allen Gespenstern die Stirn zu bieten?

Sie schaute zum Fenster hinaus. Vielleicht, daß sie noch die Spuren von Johannes im Schnee entdecken konnte. Er war ja durch den Park gegangen, den Weg nach dem Hause der Schatten. Aber draußen war frischer Schnee gefallen, und alles lag tief unter der weißen Decke. Wie schnell ist eines Menschen Spur verweht! Der Schnee fällt über Nacht darüber, und es ist, als wäre nie ein Fuß über diesen Boden gegangen . . .

Ulla Uhlberg raffte sich auf.

Mochten die Spuren des Geliebten verschneit sein – in ihr brannten sie weiter, in ihrem Herzen schlugen die Stunden von gestern und riefen in ihrem Blut! Nur das war lebendig, alles andere war Schatten und Fiebertraum. Nein, es war kein Rückweg gewesen, sie wollte es nicht, daß es ein Rückweg war. Das gräßliche Spiegelbild der Nacht war nichts als Täuschung, es mußte Täuschung sein, und sie wollte es sich selber beweisen. Sie duldete keinen Schatten auf ihrem Sonnenweg! War es wirklich etwas mit dieser Erscheinung, so sollte der Spiegel ein Zeichen davon tragen. Den Beweis wollte sie sich holen, jetzt gleich wollte sie hingehen, und das blanke Glas würde ihr nichts zeigen, als ihr eigenes schönes, stolzes Bild!

Ulla Uhlberg stand vor dem hohen Spiegel in ihrem Boudoir und schaute hinein. Ein breiter Riß zog sich über seine kristallene Fläche, von einem Ende zum anderen.

Die Pest von Florenz hatte ihn gezeichnet.

Es war ein stiller, ein wenig trüber Wintertag nach dem Karneval auf Irreloh. Johannes Wanderer saß, in ein altes Buch versunken, allein im grünen Zimmer und las. Das grüne Zimmer war nun freundlicher und lichter geworden, und das Bilderbuch der grauen Frau führte darin nicht mehr sein unheimliches halbes Leben. Denn die graue Frau hatte das Haus der Schatten verlassen und war schon lange über die Schwelle gegangen in eine andere Welt. Es war das damals gewesen, als es hell wurde in der Kirche zu Halmar, und die Lebenden und die Toten den Gottesdienst in ihr hielten.

Jetzt trat Veronika ins grüne Zimmer, und Johannes Wanderer ließ das Buch sinken. Veronika setzte sich neben ihn.

„Störe ich dich, Onkel Johannes?"

„Nein, Veronika, aber warum siehst du so feierlich aus?"

Veronika bog den Kopf zur Seite.

„Warst du gestern noch lange in Irreloh, Onkel Johannes?"

„Nein, Veronika, nicht sehr lange. Ich ging zu Fuß nach Hause. Es war eine schöne Nacht. Ich brauchte einen anderen Eindruck nach dem bunten Gewimmel der Masken. Hast du dich gut unterhalten, mein Kind?"

„Ich glaube, ich bin kein Kind mehr, Onkel Johannes, ich bin ja auch gestern schon auf dem Karneval der Großen gewesen. Es war auch schön, nur mochte ich es nicht leiden, wenn du mit Ulla Uhlberg getanzt hast."

„Warum soll ich nicht mit Ulla Uhlberg tanzen?" fragte Johannes Wanderer freundlich.

Magister Mützchen hockte ängstlich unter dem Bildnis der grauen Frau.

„Falle nicht, kleine Veronika", rief er leise, „gehe nicht über diese Schwelle, es ist ein Dornenweg für dich."

Veronika hörte Magister Mützchen nur wie aus weiter Ferne. Hochaufgerichtet stand hinter ihr der Engel mit dem Leuchter und den drei Lichtern. Die rote Flamme brannte wild und flackernd. Sie war größer als die beiden anderen. Veronika aber sah es nicht. Es ist dies so, daß das rote Licht uns die Augen blendet für die Wege und Wirrnisse des Lebens, wenn es stärker brennt als die blaue und die goldene Flamme.

„Warum, Onkel Johannes?" fragte Veronika zaghaft, „weil ich mit dir tanzen möchte, weil ich dich allein für mich haben will, weil ich dich liebe, Onkel Johannes, darum ist es."

Ihre Lippen zitterten in verhaltenem Weinen.

Johannes Wanderer nahm Veronika vorsichtig und behutsam in die Arme, wie einen sehr zerbrechlichen Gegenstand aus feinem Kristall.

„Sieh mal, Veronika", sagte er, „es ist sehr schön, daß du mich lieb hast, und ich liebe dich auch mehr als alle anderen. Aber ich kann ja nicht dir allein gehören, Kind. Die Menschen, die heimlich die silberne Rüstung tragen, die du ja auch gesehen hast, sind ausgesandt worden für eine Aufgabe, die sie zu erfüllen haben. Sie dürfen nicht einem Menschen allein gehören, weil sie ihrer Aufgabe dienen müssen. Das ist oft schwer für sie und andere, aber es ist eine Bürde, die sie auf sich genommen haben. Du mußt das verstehen, Veronika."

Veronika nickte.

„Ich weiß es, daß du mich liebst, Onkel Johannes. Aber ich liebe dich noch anders. Ich liebe dich so, wie mich Peter liebt."

Johannes Wanderer strich ihr mit einer unendlich weichen Bewegung über das Haar.

„Wir haben uns beide einmal so geliebt, Veronika. Das ist in einem früheren Leben so gewesen, in Paris. Wir wollen uns das nicht zurückwünschen. So wie es jetzt ist, so ist es für heute besser, glaube es mir."

„Falle nicht, kleine Veronika, es sind so viele Stufen im Haus der Schatten", flüsterte Magister Mützchen unter dem Bildnis der grauen Frau.

„Es ist dies so, Veronika", fuhr Johannes Wanderer fort, „daß der Maskentanz des Lebens für dich begonnen hat und das rote Licht in deinem Leuchter flackert. Es muß stiller werden und sich der goldenen Flamme neigen, wie es auch das blaue Licht getan. Dann leuchten die drei Lichter in Frieden zusammen, und Gestern, Heute und Morgen ruhen in einem Schoß. Du mußt es nun versuchen, dich in deiner Seele zurechtzufinden, sonst lädst du allzu schwere Lasten auf deine Schultern, mehr, als es dir bestimmt ist. Ich weiß es wohl, daß Peter dich liebt, aber es ist das dieses Mal kein gangbarer Weg für dich an der Seite des Blöden. Auch das ist ein Gewebe aus alter Zeit, und es ist nicht die Stunde, um es zu entwirren. Und wenn du mich liebst, so wie Peter dich liebt, so ist auch dies eine Bürde, die für dich zu schwer ist. Denn siehst du, ich bin seit dem letzten Mal, als wir zusammen waren und uns liebten, den Weg um ein kleines Stück vorausgewandert. Ich schaue nun zurück und warte auf dich, bis du mir nachkommst. Dazu aber mußt du dir selbst die silberne Rüstung wirken, und das hast du ja auch gewünscht, Veronika, an dem Tage, als du in der Sonne die Burg von Montsalvat geschaut. Dazu hat Gott dich diesmal auf die Erde heruntergeschickt, und wenn es dir gelingt, so gehen wir wieder zusammen wie damals, als wir uns liebten. Ich bin heute nur dazu da, um dir zu helfen. Ich kann dir geben, was ich zu geben habe, aber ich darf kein Geschenk von dir nehmen, Veronika. Doch wir werden uns wieder eines dem anderen schenken, wenn du gelernt hast, den Gralsschild zu tragen."

Veronika sah zu Johannes Wanderer auf.

„Ich glaube, ich kann das verstehen", sagte sie langsam, „aber wie erringe ich Schild und Rüstung, Onkel Johannes?"

„Das ist ein schwerer Weg, Veronika, er führt über viele Schwellen und Stufen. Aber du bist ja tapfer und gut, und du bist schon eine weite Strecke dahin gewandert. Man muß auch manche Bürde geduldig tragen, wie es der alte Aron Mendel tat. Nur die Bürde, von der du eben gesprochen hast, sollst du nicht auf dich nehmen. Sie würde zu schwer für dich werden, kleine Veronika."

Veronika schaute mit großen Augen ins Weite.

„Ich will Schild und Rüstung suchen und finden, und dann gehen wir wieder ganz und für immer zusammen, Onkel Johannes, nicht wahr?"

Da küßte Johannes Wanderer Veronika auf die Stirn, und das Bildnis der grauen Frau lächelte. Durch die Wolken draußen brach ein Sonnenstrahl und fing sich in Veronikas Haar.

*

In der Nacht sah Veronika ihren Engel vor sich stehen. Er hielt den Leuchter mit den drei Lichtern hoch über ihr. Das rote Licht flackerte und zuckte unruhevoll, wie der Herzschlag der kleinen Veronika. Aber der Engel breitete seine Hand darüber, und allmählich wurde die rote Flamme stiller und stiller. Sie neigte sich zum goldenen Licht in der Mitte, und Veronika schlief ein.

Es war diese Nacht ein großer Friede im Hause der Schatten. Aber er wurde jäh unterbrochen, und Veronika fuhr aus dem Schlafe auf.

Die Glocken von Halmar läuteten Sturm! Ein heller Schein lohte auf, wie fernes Wetterleuchten. Magister Mützchen klammerte sich ans Fensterkreuz und schaute hinaus.

„Schloß Irreloh brennt!" rief er, „die roten Gesellen haben ihr heimliches Feuer unter der Asche wieder angeschürt mit den heißen Kerzenflammen von Ulla Uhlbergs Karneval."

Die Glocken von Halmar wimmerten und klagten laut in die kalte Winternacht. Um Ulla Uhlbergs Schloß sang die Brandung ihr altes Lied von den Gespenstern, die um verlorenes Strandgut irren, und vom Turm herab warfen die roten Gesellen von Irreloh den grellen Schein ihrer Brandfackeln weit ins Land hinaus über den weißen Schnee.

9 MORGEN

„Mitternacht ist vorüber, und es ist Morgen geworden."

Es war der Meister, der zu Johannes Wanderer gekommen war und diese Worte sprach. Wie er kommt und wie er geht – wer vermag das zu sagen? Es sind die geheimnisvollen Dinge, die sich im Ring der Brüder vom Gral begeben, und sie geschehen da, wo sich diese und jene Welt verschwistern. Die Menschen, die nur auf der Erde wandeln, wissen nichts davon.

Es war im Gartenhaus, und es war Nacht.

Johannes Wanderer saß vor seinem einfachen, schmucklosen Arbeitstisch, und er hatte drei Kerzen darauf angezündet, die er hütete als ein Bildnis von den drei Lichtern der kleinen Veronika. Denn es war ihre Seele, an die er dachte, als ihm der Meister zu Hilfe kam.

„Es ist sehr finster auf der Erde", sagte der Meister, „so finster ist es noch niemals gewesen. Aber die tiefste Finsternis ist vorbei. Die Weltuhr schlug, und es geht gegen Morgen. Doch der Morgen bedeutet auch den Kampf, damit der Menschheit Jugendland wieder erstehen kann."

„Ich weiß das", sagte Johannes Wanderer, „ich bin bereit zu jeder Stunde, wenn ich gerufen werde."

„Es werden viele große Ereignisse in dieser Weltenwende geschehen", sagte der Meister, „damit die Menschen erwachen und es begreifen, daß die Heerlager von Weiß und Schwarz um ihre Seelen ringen. Der Gral braucht alle seine Streiter. Auch Veronika ist gerufen worden, und es ist um ihretwillen, daß ich kam."

„Veronika wird an meiner Seite stehen", sagte Johannes Wanderer, „wenn wir gerufen werden. Aber mir ist bange um sie, und ich sehnte mich nach dir, daß du kämest, mir zu helfen. Veronika ist rein und reif, aber sie hat sich am Weg verirrt. Sie darf die Bürde nicht tragen, die sie auf sich nehmen will, es ist gegen ihre Bestimmung."

Im Gesicht des Meisters waren Verstehen und Güte, und beide waren unendlich groß.

„Es ist nicht wesentlich", sagte er, „es ist ein Rest in ihr von der kleinen Madeleine Michaille, der sich noch lösen muß. Ihre Liebe in jener Zeit nahm ein zu schnelles und schreckliches Ende."

„Vielleicht ist es eine Jugendtorheit, die heute kommt und morgen geht", meinte Johannes Wanderer, „es mag sein, daß ihr eine andere Seele bestimmt ist, wenn sich ihr rotes Licht wieder entzündet. Sie ist noch so sehr jung."

„Das ist es nicht", sagte der Meister, „sie hat nicht viele nahe Seelen auf dieser Welt. Sie ist weit gewandert und das Gewebe ihres Schicksals ist entwirrt. Sie wird sich an keinen anderen schließen, und es ist ihr dieses Mal auch kein langer Weg auf der Erde bestimmt. Nur den Rest der kleinen Michaille muß sie überwinden. Auch ihr rotes Licht soll im Feinstofflichen leuchten, dann ist sie rein und reif für den Gral. Es ist dies nötig, denn der Gral braucht alle seine Streiter. Nur darf sie die Bürde, die noch zu tragen ist, nicht schwerer auf sich laden, als sie ist. Sonst geht sie in die Irre."

„Ich würde ihr gern diese Bürde tragen helfen", sagte Johannes Wanderer, „auch Aron Mendel trug seine Last mit Freuden für die kleine Rahel."

„Man kann nicht alle Bürden für andere tragen", sagte der Meister, „es ist gegen das Gesetz. Aber hier kannst du vieles leichter machen, wenn du es willst."

„Ich will alles, wenn es für Veronika gut ist", sagte Johannes Wanderer.

„Es ist dies so", sagte der Meister, „daß wir diese Bürde von ihr nehmen und auf deine Schultern legen können. Aber es wird keine leichte Last für dich werden. Willst du das?"

„Ja", sagte Johannes Wanderer, „ich will alles für Veronika."

„Wir werden das tun", sagte der Meister, „hilf ihr und wir werden dir helfen."

Dann schied der Meister von ihm. Wie er kommt und wie er geht – wer vermag das zu sagen? Es sind dies geheimnisvolle Dinge, die sich im Ring der Brüder vom Gral begeben, und sie geschehen da, wo sich diese und jene Welt verschwistern. Man kann sie nur mit einfachen Worten erzählen, weil sie sehr groß sind.

Johannes Wanderer blieb allein zurück. Es war eine einsame und stille Nacht, die er durchwachte, und vor ihm, auf dem schmucklosen Tisch, brannten die Kerzen als ein Bildnis von den drei Lichtern der kleinen Veronika.

*

Man kann es nicht sagen, daß die kleine Veronika gestorben wäre. Es war dies anders, als es sonst vielleicht bei den Menschen geschieht. Leben und Sterben sind so sehr verschieden bei den Seelen, die auf dieser Erde wandeln.

Es ist eine Ferne, die war, von der wir kommen.

Es ist eine Ferne, die sein wird, zu der wir wandern.

Und doch ist alle Ferne nahe, wenn man es recht begreift.

Es war so, daß die kleine Veronika müde wurde und allmählich einschlief in dieser Welt. In dieser Welt einschlafen aber bedeutet, daß man in einer anderen Welt erwacht. Man kann es auch eigentlich nicht sagen, daß Veronika krank war, jedenfalls war es nicht merklich, wie es sonst der Fall ist. Der Winter verging, der Frühling und der Sommer blühten auf, und die kleine Veronika wurde immer müder und müder. Aber sie litt nicht unter dieser Müdigkeit. Es litten nur die anderen darunter, und es war um diese Zeit ein großes Schweigen im Hause der Schatten.

Der Herbst kam, und im Garten fielen die Blätter.

Da geschah es, daß der Engel zur kleinen Veronika ins Zimmer trat, als sie im Bett lag.

„Es ist Morgen geworden, Veronika", sagte er.

Veronika stand auf, und es war ihr kaum noch fühlbar, daß sie ihren Körper verließ. Sie war dem Kleid der Erde entwachsen, und der Gral geleitet die Seelen gnädig, die er ruft.

Magister Mützchen stand dabei mit dem roten Hut in der Hand, und Tränen liefen ihm über die Wangen. Es ist sehr selten, daß diese Wesen weinen.

„Muß ich allein zurückbleiben im Hause der Schatten?" fragte er.

Der Engel sah ihn an.

„Es ist ein wenig früh für dich, Magister Mützchen", sagte er, „aber du hast geweint. Tränen sind der Zoll für den Garten Gottes. Komm mit."

Da lief Magister Mützchen auf seinen dünnen Beinen eilig neben dem Engel und Veronika her, als sie zusammen aus dem Hause der Schatten hinausgingen. Hoch über ihnen hielt der Engel den Leuchter mit den drei Lichtern der kleinen Veronika, und das goldene Licht in der Mitte warf seinen reinen, klaren Schein über den Weg in jene Welt.

Im Garten fielen die Blätter, und die Blumen waren verwelkt. Und doch war es wieder ein Garten der Geister, wie ihn Veronika einmal als Kind gekannt.

Die Tiere lagen geborgen im Winterschlaf, aber sie sahen alle auf.

„Gesegnet sei dein Weg, Veronika", sagten sie, „du wanderst nach Montsalvat, hilf uns erlösen."

Die Elfe im Baum nickte Veronika zu, und die Nixe im Quell warf ihre blanken Bälle hoch in die Luft.

„Schneewittchen schläft im gläsernen Sarg", riefen sie, „denke daran und hilf, sie und uns alle daraus zu erwecken, kleine Veronika."

Tief in der Erde unten regten sich die Keime der Pflanzen und sprachen vom Frühling, der kommen muß, und unter den Steinen flammte im Dunkel ein diamantener Schein.

Jetzt standen sie vor der silbernen Brücke, und die Luftgeister mit bunten Falterschwingen umgaukelten sie.

„Nun bist du wie wir, Veronika", sagten sie.

Es war alles so wie damals, als Veronika noch ein Kind war, und doch war es anders, war größer und stärker.

Da, wo die Brücke begann, waren die Erde und die Steine klar wie aus Glas, und es blühten um sie durchlichtete Lilien und Rosen und tausend andere Blumen.

„Sieh, wie weiß unsere Blüten sind", sagten die Liliengeister, „so rein und so weiß ist das himmlische Hemd, das du nun wieder trägst."

„Schau, wie rot unsere Kelche sind", sagten die Rosenseelen, „so rein und so rot ist der Kelch des Grales, nach dem du heute wieder die Arme ausstreckst."

Lautlos und ohne Schwere schwebten Gestalten von Menschen und Tieren über die Brücke, und auch sie waren durchdrungen von jenem Licht, das Blumen und Steine erhellte.

Ohne Schwere, wie sie, betrat Veronika die silberne Brücke, und sie nahm Magister Mützchen bei der Hand, damit er ihr nicht verlorengehe.

Am Rande der Brücke stand eine schwarze Gestalt. Veronika zauderte einen Augenblick.

„Fürchte dich nicht, Veronika", sagte der Engel freundlich, „du brauchst ihm nicht ins Gesicht zu sehen. Du gehst dieses Mal ohne Schuld über die silberne Brücke. Er, der dort steht, führt die Menschenseelen, die das Licht nicht sehn wollten, hinab in die Täler der Tiefe, bis sie es lernen, in Gottes Garten hinaufzufinden. Es wandern die meisten erst durch die Täler der Tiefe zum Licht, und es sind mühsame Wege, die sie gehn müssen. Sie haben es selbst gewollt, denn Menschen und Tiere klagen sie an, und sie müssen sühnen."

Veronika schritt an der schwarzen Gestalt vorüber. Die schwarze Gestalt sah sie nicht an.

Veronika warf einen Blick hinab in die Täler der Tiefe. Sehr tief waren sie, und es waren viele dunkle, verworrene Wege darin. Aber alle Wege führten zum Gipfel hinauf und zum Licht.

Nun endete die silberne Brücke und glitt hinüber in ein kristallenes Meer. Es war klar und regte sich ohne Aufhören, lebendig in sich selber, ohne Wellen zu werfen. Veronika tauchte hinein, aber sie ging nicht darin unter. Auch das hatte sie ja schon einmal erlebt in jener Nacht der vielen bunten Bilder. Doch es war damals nur ein kleiner Teil davon, und hier dehnte er sich ins Uferlose. Das Wasser bestand aus lauter feinen Perlen, und es drang ganz in sie hinein. Die Müdigkeit der letzten Erdenzeit war ihr mit einem Male genommen, und ihr schien es, als sei all ihr Wesen befreit und erneut, wie an einem allerersten Tage, den sie sah und lebte.

Der Engel reichte ihr die Hand, und sie stieg wieder auf. Magister Mützchen war neben ihr und hüpfte auf seinen dünnen Beinen über das Wasser.

Nun weitete sich ihr Blick, und sie sah viele Inseln mit blühenden Gärten darauf.

„An der schwarzen Gestalt bist du vorübergeschritten und an den Tälern der Tiefe", sagte der Engel, „es ist ein anderer, der dich rief und zu dem ich dich geleite."

Da schaute Veronika auf, und sie sah Jesus Christus vor sich stehen. Sie erkannte ihn, denn er glich dem, der dem alten Aron Mendel den schweren Kasten auf der staubigen Landstraße abgenommen hatte. Es ging ein Morgenlicht von ihm aus über alle Inseln und Gärten Gottes im kristallenen Meer.

Er reichte Veronika die Hand.

„Wir alle freuen uns, daß du hier bist, Veronika", sagte er in einer Einfachheit und Güte, die größer und göttlicher war, als alle Welt der Wunder um ihn. „Dein Garten wartet auf dich, pflege ihn weiter."

Veronika konnte kein Wort hervorbringen. Aber ein Gefühl der Geborgenheit überkam sie, das ohne Gleichnis war.

Eine Insel glitt über das Meer auf sie zu und blieb vor ihr stehen.

„Das ist dein Garten, Veronika", sagte der Engel.

Veronika trat ans Ufer über weißen Sand und schimmernde Muscheln. Leise rauschten die Baumkronen über ihr, und tausend Blüten öffneten ihre Kelche. Vögel sangen in den Zweigen, und Tiere und seltsame Märchenwesen huschten im Garten umher. Doch es tat keiner dem anderen etwas, sie waren alle in Frieden untereinander, denn es war Gottes Garten und der Schöpfung Jugendland.

Mitten aber unter blühenden Blumen saß Mutzeputz, durchlichtet und vom Licht umflossen.

Da sank Veronika in die Knie und weinte. Es war ein innerliches Weinen der Seele, ohne Tränen und ohne Schmerz, wie das Zittern einer Saite, die bis zum Springen gespannt ist.

Veronikas Insel glitt ins kristallene Meer hinaus, an anderen gleitenden Inseln vorüber. Überall schauten bekannte Gesichter zu ihr hinüber und grüßten sie – Geister aus vielen vergangenen Leben, die sie wiedersah. Es war so viel auf einmal, und eine seltsam selige Schlummersehnsucht regte sich in ihr, Frieden und Wunschlosigkeit der Erfüllung.

„Wir werden dich bald besuchen", riefen die Geister von den anderen Ufern, „wir freuen uns so, daß du wieder da bist.

Du bist lange fort gewesen, und wir haben uns nach dir gesehnt."

„Nun ruhe dich aus, Veronika", sagte der Engel, „wenn du wieder erwachst, pflegst du deinen Garten. Und jetzt schau hinaus übers Meer, drüben liegt Montsalvat, und seine Tore und Türme schimmern im Morgenlicht. Auf sein Gestade treibt deine Insel zu. Dort wirst du lernen, Schild und Schwert und die silberne Rüstung zu wirken, denn der Gral hat dich gerufen."

Da legte sich Veronika unter die blühenden Blumen in ihrem Garten, Mutzeputz und Magister Mützchen im Arm, und schlief ein, ein Kind und geborgen, und bewußt ihrer Kindheit und ihrer Geborgenheit. Bewußte Kindheit ist Seligkeit . . .

Der Engel stellte ihr zu Häuptern den Leuchter auf einen Altar, und in reiner goldener Flamme brannten die drei Lichter der kleinen Veronika im Garten Gottes.

Die Insel aber glitt langsam ins Morgenlicht über das kristallene Meer nach dem Gestade von Montsalvat.

*

Es war ein schwerer und dunkler Tag im Hause der Schatten, als sie den irdischen Leib der kleinen Veronika zur letzten Ruhe brachten.

„Es ist bei euch mehr zu Asche geworden als bei mir, Johannes", sagte Ulla Uhlberg, „aber wir wollen wieder aufbauen, das ist unsere Bestimmung."

„Ich will es versuchen", sagte Johannes Wanderer.

Der blöde Peter redete kein Wort. Er vergrub das Gesicht hilflos in Zottels Fell.

Auch Aron Mendel war gekommen. Er ging nicht aufrecht, wie man ihn zuletzt gesehen, sondern gebeugt, wie damals,

als er noch den schweren Kasten schleppte. Er wußte es, die Bürde, die man heute im Hause der Schatten trug, war schwerer, als alle die Lasten, die er jemals getragen.

Der Regen rann. Im Garten fielen die Blätter.

*

Es war ein tiefer Winter, in dem das Haus der Schatten eingeschneit war. Aber auch der tiefste Winter geht vorüber und der Frühling kommt. Das Eis war krachend und berstend die Flüsse hinabgegangen in die wilde Brandung der See, der erste grüne Schleier hing an den Birken, und im Wald blühten die Anemonen.

Johannes Wanderer stand im Garten und grub die Erde um für eine neue Saat. Krokus und Veilchen waren schon herausgekommen. Das Leben begann von neuem. Aber Johannes Wanderer sah alt aus, die Bürde dieses Winters war allzu schwer gewesen, und er trug immer noch an ihr.

Jetzt sah er von der Arbeit auf. Peter war durch die Gartentüre gegangen und kam mit Zottel zusammen eilig auf ihn zugelaufen. Das war sonst nicht seine Art. Er war still und langsam in allem. Das Gesicht des Blöden strahlte eine seltsam innerliche Freude aus, und die ratlos suchenden Augen hatten etwas Verklärtes.

„Ich habe heute nacht von Veronika geträumt, Onkel Johannes", rief er, „sie sah so wunderbar aus, ganz weiß und licht, und sie sagte zu mir: Es ist Morgen geworden. Peter, geh zu Onkel Johannes und erzähle es ihm."

Johannes Wanderer ließ den Spaten sinken.

„Es ist Morgen geworden?" wiederholte er leise, „hat sie dir das gesagt?"

„Ja, Onkel Johannes, und Ulla Uhlberg kommt auch gleich her, sie kam eben angefahren, und ich habe es ihr schon erzählt. Veronika sagte mir auch, ich solle es aufschreiben, was sie mir gesagt hat. Ich will das tun."

„Kannst du denn jetzt schreiben, Peter?"

„Ich glaube es", sagte der Blöde.

Johannes Wanderer ging ins Haus und brachte Peter Papier und Bleistift.

„Wenn du es glaubst, wirst du es auch können. Versuche, es aufzuschreiben."

Peter setzte sich und legte das Papier sorgsam auf seine Knie. Dann schrieb er mit großen, ungelenken Buchstaben, aber in einem Zuge: Es ist Morgen geworden.

In seinen Augen waren Tränen. Johannes Wanderer und Zottel standen dabei und schauten auf Peters erste Schriftzüge.

Es war dies ein großer Augenblick im Leben des Blöden und dessen, der ihn betreut.

Über den Weg kam Ulla Uhlberg gegangen.

„Peter kann schreiben", sagte Johannes Wanderer zu ihr, „er hat geschrieben, daß es Morgen geworden ist. Veronika hat es ihm gesagt."

„Dann laß es auch für uns alle Morgen werden, Johannes. Sieh einmal, auch ich habe es gelernt, mein Leben nur zu bejahen, indem ich alles Leben bejahe und heilige. Ich will Irreloh neu bauen, aber anders, als es war. Es soll Menschen und Tieren eine Hilfe werden, es gibt ja so viele, die Hilfe brauchen. Auch für dich und für Peter gäbe es da vieles zu tun. Wenn ich so das Leben bejahe, Johannes, willst du mir dann dabei helfen?"

„Ja, das will ich tun, Ulla Uhlberg", sagte Johannes Wanderer, „wir wollen zusammen die Erde umgraben für eine neue Saat, für das Jugendland der Lebenden und der Toten."

Und er stieß den Spaten tief in die feuchte Frühlingserde.

*

In dieser Nacht saß Johannes Wanderer noch lange wach, und vor ihm brannten wieder die Kerzen zum Bildnis von den drei Lichtern der kleinen Veronika. Es war still und friedvoll, aber auch sehr, sehr einsam im Gartenhaus.

Es war nach Mitternacht, da wurde es licht im Zimmer, und Veronika stand darin. Sie sah größer aus als früher, wie ein erwachsenes junges Mädchen.

„Johannes", sagte sie leise.

„Bist du endlich wiedergekommen, Veronika?"

„Ja, Johannes, es ist ja Morgen geworden."

„Die Nacht war dunkel und lang, Veronika."

„Ich weiß es, Johannes, du hast eine Bürde für mich auf deine Schultern genommen, ich danke dir dafür. Ich weiß es auch, daß es eine schwere Bürde war."

„Die Bürde war schwer, weil ich dich sehr liebte, Veronika, und weil ich mich sehr nach dir gesehnt habe."

„Ich habe mich ausruhen müssen, Johannes, man erlebt so viel auf dem Weg über die silberne Brücke. Darum kam ich nicht eher. Aber ich werde nun oft zu dir kommen. Auch Peter habe ich besucht, und ich war im Hause der Schatten bei Mama und bei Tante Mariechen. Aber sie sahen mich nicht. Du mußt ihnen helfen, daß sie mich sehen, Johannes."

„Ich habe das schon oft versucht, Veronika, ich habe es viele Male versucht. Sie sind noch so sehr in dieser Welt befangen. Aber sie tragen eine schwere Bürde um dich und unter der Last werden sie lernen, mit den Augen der Tiefe zu sehn. Sei oft bei ihnen, Veronika, einmal werden sie dich sehen oder sie werden dich ahnen. Dann werden sie den Frieden finden und den Weg ins Licht."

„Ich will das tun, Johannes, und auch zu dir werde ich nun häufig kommen. Mitternacht ist vorüber und es ist Morgen geworden. Der Gral ruft alle seine Streiter auf für der Menschheit Jugendland. Ich wirke mir die silberne Rüstung, Schild und Schwert, und ich werde an deiner Seite stehen, wenn der Kampf mit den dunklen Mächten beginnt und du deinen Schild hältst über denen, die wehrlos sind."

„Das ist ein schöner Gedanke, Veronika, das war es immer, was ich mir gewünscht habe, daß du so an meiner Seite stehst. Der Preis ist den Kampf wert, und wir werden siegen, Veronika."

„Ja, Johannes, wir werden siegen, und der zerstörte Tempel wird wieder aufgebaut. Lebe wohl, Johannes, ich werde bald wiederkommen."

„Ja, komme bald wieder, Veronika."

Veronika löste sich auf im Licht, aus dem sie kam.

Johannes Wanderer saß reglos vor den Kerzen, bis sie herabbrannten.

Die Nacht war zu Ende. Es wurde hell, und Johannes Wanderer trat in den Garten hinaus.

Die Sonne war aufgegangen.

In der jungen Frühlingserde leuchteten die ersten blühenden Blumen im gleichen Morgengold, wie oben in Gottes Garten die drei Lichter der kleinen Veronika.

*

Es ist eine Ferne, die war, von der wir kommen.

Es ist eine Ferne, die sein wird, zu der wir wandern.

Und doch ist alle Ferne nahe, wenn man es recht begreift.

Baut ihr Tempel und helle Hütten, zündet die Lichter an, ihr, die ihr heute atmet, und denkt daran: Mitternacht ist vorüber und es ist Morgen geworden.